LE
CALENDRIER RÉPUBLICAIN,

POËME.

LE
CALENDRIER RÉPUBLICAIN,

POËME

Lu à l'Assemblée publique du Lycée des Arts, le 10 Frimaire an III, avec la traduction en italien mise à côté du texte;

PRÉCÉDÉ

D'UNE LETTRE DU CITOYEN LALANDE;

SUIVI

De trente-six Hymnes civiques pour les trente-six Décadis de l'Année; d'une Ode au Vengeur, accompagnée d'une Lettre du citoyen Saint-Ange, et de plusieurs autres Poëmes;

PAR CUBIERES, CITOYEN FRANÇAIS.

Prix, 2 fr. 25 c.

A PARIS,

Chez { J. G. Mérigot, Libraire, quai des Augustins, n°. 38;
J.-B. Chemin, rue de la Harpe, n°. 307.

AN SEPTIÈME.

LETTRE

DU

CITOYEN LALANDE

L'ASTRONOME,

AU CITOYEN CUBIERES.

Vous savez, mon cher citoyen et frère, que ce fut moi principalement que le comité d'instruction publique de la Convention consulta, lorsqu'il fut question d'établir un nouveau Calendrier à la place du Calendrier grégorien. Ainsi, en lisant votre poëme, je l'ai regardé, en quelque sorte, comme un de mes enfans; j'ai été charmé de voir la facilité de votre style, et cette gracieuse familiarité que l'on aime dans vos ouvrages. J'ai

A.

sur-tout remarqué le passage où vous caractérisez chaque mois par un vers :

> Germinal me verra caresser ma Lisette,
> Floréal de bouquets orner sa colerette,
> Prairial, &c.....

C'est un tour de force que d'avoir mis, en quelque sorte, tout le Calendrier en douze vers, et je ne crois pas qu'il y en ait beaucoup d'exemples dans nos poëtes modernes. Si j'avois l'honneur d'être poëte, je vous en dirois davantage sur cet article.

Le député Romme fit un rapport bien sec sur le nouveau Calendrier. Fabre-d'Églantine en fit un agréable et fleuri. Votre poëme est à mes yeux un troisième rapport qui intéressera plus que les deux autres ; et quoique Fabre-d'Églantine fût bon poëte, je doute qu'il eût fait d'aussi bons vers que les vôtres en traitant un sujet aussi méthodique et aussi froid.

Comme père du Calendrier, je dois m'y

intéresser sans doute; j'ai déjà demandé une
règle d'intercallation que Romme y avoit
oubliée. Le peuple trouve que les décadis,
ou jours de repos, sont trop éloignés les
uns des autres. Les gens de la campagne ne
peuvent guère travailler dix jours de suite,
leurs travaux sont trop pénibles. Peut - être
faudroit - il que le quintidi fût aussi un jour
de repos, et que le Corps législatif ou le
Directoire ordonnassent de le fêter ; il n'y
auroit pas plus de fêtes que dans l'ancien
Calendrier.

Vous avez bien mérité de vos concitoyens
et même de l'astronomie, en traitant d'une
manière si agréable, un sujet qui paroît d'a-
bord si sérieux, et vous avez mis à la portée
de tout le monde ce qui n'étoit à la portée
que des savans. Le Directoire exécutif a cherché à faire respecter le Calendrier républicain par son arrêté du 14 germinal dernier,
et vous avez cherché à le faire aimer. Je ne
doute pas que vous n'arriviez l'un et l'autre

au même but, quoique par des routes très-différentes.

Salut et fraternité,

Signé, LALANDE.

PRÉFACE.

L'EXISTENCE de la République tient en partie à l'existence du Calendrier ; c'est une vérité qu'aucun républicain français ne contestera sans doute. Quel a été et quel est encore l'ennemi le plus redoutable de la République ? le fanatisme : et quel contre-poison le fanatisme a-t-il le plus à redouter ? le Calendrier.

Le fanatisme s'est opposé constamment aux progrès de la révolution, à toutes les époques de cette révolution naissante, et sur tous les points de la République ; c'est presque toujours pour les prêtres ou par les prêtres que l'on s'est battu en France depuis qu'on y parle de liberté et d'égalité, et depuis que le peuple paroît vouloir l'un et l'autre. Tout le sang qui inonde les champs de la Vendée, de la Suisse, de l'Italie, de l'Allemagne, n'y a coulé que par les prêtres ; et cet exemple, le plus effrayant de tous, me dispense d'en citer d'autres. Ce n'est point des prêtres constitutionnels que je veux parler, quand je dis en général les *prêtres* ; mon dessein n'est pas d'imiter les tyrans, qui confondent les innocens avec les coupables pour mieux satisfaire leurs vengeances : je n'ai point de vengeance à exercer, dieu merci, et je ne connois d'ennemis que les ennemis de ma patrie.

Quoi qu'il en soit, le Calendrier républicain est un des moyens les plus sûrs que l'on ait employés pour combattre le fanatisme : les productions de l'agriculture, les animaux utiles, les instrumens aratoires qu'on a mis à la place des saints, portent un coup terrible à ces derniers ; la suppression des fêtes de l'église romaine ne leur laisse que peu d'espoir de refleurir parmi nous : le pape enfin, a dû voir son règne tomber du moment qu'on a décrété l'ère nouvelle. Pourquoi faut-il que ces réformes heureuses, loin d'être adoptées par tout le monde, soient devenues l'objet de la critique non-seulement des sots, qui sont le plus grand nombre, mais même de quelques bons esprits ?

Où trouver un Calendrier dont le but soit plus utile et la nomenclature plus harmonieuse ? L'agriculture est de tous les arts le plus nécessaire à un peuple libre, et le Calendrier y ramène à chaque instant le Peuple Français ; il ne lui faut pas de longues études pour apprendre à connoître les métaux (1), les noms des plantes dont il use tous les jours, des légumes qu'il mange tous les jours à sa table : avec un almanach de deux sols il devient physicien, botaniste et minéralogiste. Est-il, en un mot, dans la langue

_____

(1) Les auteurs du Calendrier ont rangé dans le cours de nivôse les substances du règne animal et minéral.

française, des noms plus harmonieux que ceux des mois du nouveau Calendrier? chacun de ces noms est un talisman qui présente à l'esprit tout à-la-fois trois idées bien distinctes, le genre de saison où l'on est, sa température, et les présens que fait la nature à l'époque dudit mois. Ne diroit-on pas que les meilleurs poètes de l'antiquité ont tenu conseil pour les inventer? que le majestueux Homère a proposé *Messidor*, *Thermidor*, *Fructidor*? Virgile, qui a si bien peint le printemps, *Germinal*, *Floréal*, *Prairial*, et ainsi des autres? Ces noms, qui offrent à l'esprit l'idée riante des moissons, de la renaissance des fleurs, de la coupe des prairies, ne sont-ils pas mille fois plus agréables que les noms insignifians et stériles de septembre, octobre, novembre, décembre, etc?... Ces derniers, au surplus, ne pouvoient entrer qu'avec peine dans la poésie, le bon goût les en bannissoit, et ce n'étoit qu'avec beaucoup d'art qu'on pouvoit les y introduire. La poésie, au contraire, semble appeler leurs rivaux; elle semble attendre d'eux une nouvelle gloire, et les Muses ont tressailli sur leur trépied d'or, lorsqu'un poète audacieux en a enrichi la langue française. Tout enfin me semble militer en faveur du Calendrier républicain, la philosophie, la poésie, et sur-tout l'amour du pays. Animé de ces trois passions, ou, si l'on veut, adorateur de ces trois divinités, j'ai chanté

le Calendrier à ma manière ; c'est-à-dire, que
j'ai osé détailler ses beautés dans un de ces poëmes familiers, tels qu'il en échappoit quelquefois
à la muse octogénaire de Voltaire, dans un de
ces poëmes négligés qui ne dédaignent point les
grandes images, mais qui ne font aucun effort
pour les aller chercher, et qui, semblables à
l'indolent berger, ne parent le corset de leur
bergère que des fleurs qui leur tombent sous la
main.

Cette manière est la mienne depuis long-
temps ; c'est dans ce genre que j'ai écrit *les Ri-*
vaux au Cardinalat, poëme en quatre chants ;
les cinq poëmes intitulés *les États-généraux du*
Parnasse, de l'Eglise, de Cythère, de l'Europe
et *de l'Olympe*, et une foule d'autres poëmes diri-
gés contre le pape, et que la cour de Rome a fait
brûler, tandis qu'on les traduisoit dans presque
toutes les autres cours de l'Europe ; et si je l'ai
adoptée pour le Calendrier républicain, c'est
que je l'ai crue, plus que toute autre, à la portée
du peuple. Pourquoi, dira-t-on peut-être, imiter Voltaire dans sa vieillesse ? ne vaudroit-il
pas mieux choisir l'époque la plus brillante de
son talent ? celle où dans la Henriade, par exemple, il peignoit la sombre politique préparant
des foudres dans le sombre vatican ; celle où il
armoit le terrible Mahomet des poisons du fanatisme, etc....? Hélas ! répondrai-je, qui peut

atteindre à ce faîte de gloire et de splendeur poétique? C'est bien assez que la maturité de mon
talent ait quelque ressemblance avec la décré-
pitude de celui de ce grand homme, et qu'on
puisse dire que ma virilité ne fut pas indigne
d'être comparée avec sa seconde enfance.

Revenons au Calendrier, dont je n'aurois pas
dû m'éloigner si long-temps. On a fait contre
lui quelques objections auxquelles je crois que
c'est ici le lieu de répondre..... Mercier, entre
autres, a été un de ses antagonistes les plus re-
doutables (1) : le philosophe Mercier, attaquer
l'ouvrage de la philosophie !.... il est depuis long-
temps mon ami ; jetons le voile sur la nudité
d'un patriarche de la raison et des lettres.

D'autres ont dit que la division de l'année et
des mois du nouveau Calendrier détruisoit tous
les rapports qui doivent exister entre notre nation et celles de l'Europe ; qu'elle jetoit même de
l'embarras dans les relations commerciales entre
les répubicains français ; que dans plusieurs départemens enfin, on ne vouloit point le suivre.
Que répondre à tout cela ? ce que répondit la
Reveillère-Lépaux, le 10 thermidor de l'an 5,
à un pétitionnaire qui vint à la barre de la Convention faire une sortie contre le Calendrier.

---

(1) Voyez je ne sais plus quel journal rédigé par Mercier :
un journal de plus ou de moins n'ajoute rien à sa renommée.

« Plus on examinera, dit-il (1), le nouveau
Calendrier, plus on en sentira les avantages.
Certes, je ne suis pas payé pour aimer ceux qui
l'ont fait; mais ici il s'agit de la chose et non des
hommes, et il n'y a que des ignorans ou des aris-
tocrates qui puissent déclamer contre cette institution, qui, toute nouvelle qu'elle est, et faite
par des hommes peu estimables, n'en est pas
moins de la plus grande utilité. Outre la beauté
des dénominations, la division de l'année est
faite d'après les époques fixées par la nature, les
équinoxes et les solstices; les noms donnés aux
jours rappellent le quantième du mois, par la
plus ingénieuse analogie, et présentent à la mémoire des pauses heureuses tout en lui donnant
de nouvelles idées. Je demande l'ordre du jour ».

L'ordre du jour fut adopté par la Convention
nationale, d'après le discours de la Reveillère-
Lépaux : je ferois bien de l'adopter moi-même.
Pourquoi ne pas répondre cependant, lorsqu'on
a de bonnes raisons à donner?

Les ennemis du nouveau Calendrier disent que
dans plusieurs départemens on ne veut point le
suivre. Les départemens!.... qu'importe? Qu'on
l'observe exactement à Paris, et les communes
des départemens ne tarderont pas à imiter cette

---

(1) Ce discours de la Reveillère-Lépaux est extrait des
journaux du temps; je n'y ai rien ajouté, ni rien retranché.

commune. C'est Paris qui, avant la révolution, donnoit le ton à tout le royaume ; c'est encore Paris qui donne le ton à toute la république ; c'est Paris qui le donnera toujours. Le Calendrier républicain d'ailleurs, est déjà adopté par les républiques Cisalpine (1), Batave et Helvétique, et quelques départemens français oseroient se montrer rebelles à la voix de cette heureuse institution ! S'il en étoit ainsi, point de violence, ce n'est jamais par elle qu'il faut régner sur les esprits ; employons l'arme de la persuasion, employons celle du ridicule ; et si ces deux armes ne suffisent pas, laissons faire le temps, ce grand maître des événemens et des hommes. Les vérités chassées de France et accueuillies en d'autres pays, reflueront en France de ces pays mêmes, et finiront par acquérir d'autant plus de force, qu'on y aura moins senti leur utilité.

Le nouveau Calendrier jette de l'embarras dans les relations commerciales entre les républicains français. Oüi, si l'on ne veut pas changer les jours de foires et de marchés, si l'on ne veut pas dater les lettres-de-change et autres effets de commerce d'après l'ère nouvelle. Mais que les commissaires du Directoire fassent avec beau-

---

(1) Il vient aussi d'être adopté par la République romaine. Les tribunaux ont tenu à Rome leur séance le jour de Pâques.

coup de douceur observer l'arrêté du Directoire
du 14 germinal an VI ; qu'armés de l'éloquence
républicaine et non de la verge des comman-
demens, ils fassent entendre au peuple qu'il est
de son intérêt de ne plus chommer les fêtes an-
ciennes, de ne plus fêter les dimanches, et qu'ils
fassent correspondre sans déchirement quelconque les jours de marchés d'autrefois avec lês
jours d'à présent : ces jours sèront toujours les
mêmes, quoiqu'ils aient changé de nom. Le
soleil se levera comme à son ordinaire, la lune
aussi. L'étoile du matin précédera l'aurore comme
si de rien n'étoit. L'aurore elle-même ne sera
ni moins belle, ni moins radieuse; et le jardi-
nier, vendant ses légumes avec le même succès,
n'en bénira pas moins peu à peu l'auteur de la
Nature et les auteurs du Calendrier. Le Calendrier nouveau a causé de grandes rumeurs dans
la Belgique relativement aux jours de marchés;
le commissaire Rudler a tout appaisé par sa
sagesse: que les autres commissaires le prennent
pour modèle, et tout ira comme il doit aller.

Il détruit tous les rapports entre notre nation
et les autres nations de l'Europe. Est-ce de bonne-
foi que l'on fait cette objection? Les Russes, les
Turcs, les Chinois ont un calendrier différent
du nôtre; sommes-nous moins bons amis des
Turcs et des Chinois, sommes-nous moins unis
avec eux par les liens du commerce et de la fra-

ternité? et si les Russes ne nous aiment pas en ce moment, est-ce la faute du Calendrier, ou celle des circonstances?

Et les nations de l'antiquité n'avoient-elles pas aussi des calendriers différens, qui ne les empêchoient ni de s'aimer, ni de commercer ensemble? Quelques peuples ont fait autrefois leur année d'un mois, d'autres de quatre, d'autres de·six, d'autres de dix, d'autres enfin de douze. Il y en a eu qui ont divisé l'année en deux parties, l'été et l'hiver. Il y en a eu qui ont commencé l'année en automne, d'autres au printemps; les mois de ceux-ci étoient lunaires, les mois de ceux-là étoient solaires. Les jours mêmes ont commencé diversement; c'est au soir qu'ils apparoissoient pour les uns, à midi qu'ils naissoient pour les autres, à minuit même. Ici des heures égales traînoient méthodiquement le char du soleil; là des heures inégales bondissoient autour de lui; plus loin l'année étoit vague, plus près elle étoit fixe : il n'y avoit de concordance ni dans les ans, ni dans les mois, ni dans les semaines, ni dans les jours, ni dans les heures.

Les Athéniens commençoient leur année à la nouvelle lune d'après le solstice d'été, et ils la partageoient en douze mois qui avoient alternativement les uns trente jours et les autres vingt-neuf; ceux-ci étoient appelés les mois creux, et les autres les mois pleins. Le mois hécatombéon qui étoit le premier, avoit trente jours, le mois métagitnion qui étoit le second, en avoit vingt-neuf, et ainsi des autres.

Les Chaldéens avoient deux périodes appelées Sares, toutes deux composées de mois lunaires, dont l'un servoit à l'usage civil, et l'autre n'étoit employé que par les astronomes. Suidas entre dans de longs détails sur celui de l'usage civil ; il nous apprend que c'étoit une période de dix-huit ans lunaires intercallés, et dont six étoient de treize lunes. Les Babyloniens avoient adopté ces périodes. *Voyez Suidas.*

Les Cappadociens avoient une année qui leur étoit propre, et qui différoit absolument de l'année solaire des Romains, ainsi que de l'année luni-solaire des Grecs de l'Asie mineure et de la Syrie, soit pour la grandeur, soit pour les noms des mois, pour leur durée et pour le lieu de l'année solaire auquel ils répondoient. Cette année cappadocienne étoit composée de deux mois de trente jours chacun, auxquels on ajoutoit cinq épagomènes ou jours complémentaires; elle étoit semblable à la nôtre. Voyez, si vous voulez le connoître davantage, les mémoires de l'académie des inscriptions et belles-lettres, tome 29, page 27 et suiv.

Les Chinois dès le temps d'Yao, c'est-à-dire plus de deux mille ans avant Jésus-Christ, avoient deux années toutes différentes, une année civique qui étoit lunaire, et une année astronomique qui étoit solaire, et qui servoit à régler l'année civile. Cette année civile, composée de douze lunes, étoit plus courte que l'année solaire. Les Chinois suivent aujourd'hui une autre méthode.

Enfin l'année civile de Cizique étoit composée de mois ioniens, athéniens, macédoniens, et de quelques autres.

Je ne parlerai point des Hébreux qui avoient des années de quatre espèces, de l'année macédonienne, de l'année persanne, etc.... qui toutes différoient entre elles : les bornes de cette préface ne me permettent pas de trop m'étendre sur cette matière. Je ne ferai qu'une question à ceux qui disent que notre Calendrier peut altérer nos relations avec les autres nations de l'Europe.

Les peuples d'autrefois qui n'avoient point le même calendrier, ont-ils cessé de commercer ensemble ? Ont-ils passé des années à se battre pour la dénomination des mois ? ont-ils employé leurs heures à diviser les semaines en sept, huit ou dix jours ? et le nourous ou premier jour de l'année, a-t-il été pour eux une pierre d'achoppement ou une pomme de discorde ? Non, non, c'est toujours l'ambition des rois qui a mis la discorde parmi les peuples ; les fautes des rois ont fait couler bien plus de sang que les fautes des astronomes ; et j'aime bien mieux le paisible Copernic, que l'impétueux Alexandre.

Mais, disent les partisans du calendrier grégorien, la division de l'année par semaines vient des planètes ; elles étoient sept, dont on a appliqué les noms aux jours, et cette division est plus naturelle que toute autre ; elle est d'ailleurs consacrée par l'usage, et tout ce qui a vieilli doit être respecté. Beau raisonnement ! la vérité doit être repoussée dès qu'elle est nouvelle, voilà ce qu'il signifie. Je pourrois d'abord répondre que notre Calendrier républicain est beaucoup plus ancien que celui du pape Grégoire, puisqu'il est calqué presqu'entièrement sur celui des Cappadociens, puisqu'il est en partie renouvelé des Grecs, qui, ainsi que nous, divisoient les jours par décades. J'aime mieux leur répondre d'une autre manière.

Ils disent que les sept jours de la semaine tirent leur origine des sept planètes : les astronomes l'ont prétendu, parce que, semblables à un certain curé qui voyoit des clochers dans la lune, ils ne voyoient par-tout que des planètes ; cette tradition d'ailleurs nous vient des Chaldéens, qui presque tous étoient astronomes. Mais l'abbé Roussier, qui étoit grand musicien, a composé un savant mémoire pour prouver que les sept jours de la semaine dérivoient des sept tons de la musique, et il le prouve presque par des calculs

très-ingénieux, et des analogies très-vraisembla-
bles. Dion Cassius avoit déjà dit que les jours de
la semaine forment entre eux une consonnance
de quarte; et ne sait-on pas que d'autres faiseurs
de système ont prétendu que l'on avoit divisé le
jour en vingt-quatre heures, parce que le cynocéphale (1) urinoit et crioit vingt-quatre fois
par jour ?

Si les Chaldéens et un abbé donnent aux jours
de la semaine l'origine que bon leur semble, pourquoi ne jouirions - nous pas du même privilége?
pourquoi ne puiserions-nous pas l'idée de notre
Calendrier chez les Cappadociens, qui en sa-
voient bien autant que les Chaldéens et les abbés?
Ce sont les phases de la lune qui ont donné aux
différens peuples l'idée de la semaine; ne peut-on
s'en écarter depuis que la théorie de la lune a été
perfectionnée par les plus habiles astronomes, et
compter par dix au lieu de compter par sept? Si
compter par dix est plus facile, et s'il est vrai
qu'il n'est personne qui ne porte son barrême
avec soi, c'est-à-dire ses deux mains composées
chacune de cinq doigts, il me semble que cette
idée vaut bien celle des sept planètes, celle des
sept notes de musique, et celle sur-tout d'un

---

(1) Le cynocéphale étoit un animal à tête de chien, que
les Egyptiens révéroient comme un dieu.

E

vilain dieu à tête de chien, qui urine et qui crie sans cesse.

Il faut être juste cependant; notre Calendrier n'est pas sans quelques défauts, et je vais les dire, non pour en dégoûter ceux qui l'aiment, mais pour justifier les éloges que je viens d'en faire; ces éloges doivent être plus accueillis à la faveur d'un peu de critique. On se plaint en général, et sur-tout dans les départemens, qu'il y a trop de distance entre les décadis et les jours de repos. Lalande l'a dit dans la lettre qu'il m'a adressée à la tête de cette préface; mais Lalande applique à l'instant le baume sur la blessure. Qu'on fasse du quintidi un jour de repos, ajoute-t-il, et tout le monde sera content; il n'y aura pas plus de fêtes dans le nouveau Calendrier, qu'il n'y en avoit dans l'ancien. Lalande doit l'avoir calculé, puisqu'il l'assure; ce n'est jamais que les preuves à la main qu'un aussi grand astronome porte son jugement sur une matière quelconque : Législateurs, faites attention à la proposition de Lalande.

Un défaut du Calendrier plus difficile à corriger, est celui-ci. Lorsqu'il nous indique l'hiver pour notre climat, c'est l'été qui règne dans un autre; lorsqu'il nous dit de moissonner, peut-être ailleurs on fait la vendange; il ne peut guère nous servir qu'aux lieux où nous habitons, il n'accuse pas même la vérité pour tous les départemens de la République; n'est-il pas certain en effet que la température du climat de Marseille est bien différente de celle de Paris? qu'à Paris il fait grand froid au mois de pluviôse, et que ce mois voit éclore des fleurs dans les champs fortunés du Midi? Et s'il est des antipodes, comme on n'en peut plus douter, n'est-il pas certain que notre Calendrier ne peut absolument point servir aux peuples qui habitent des contrées diamétralement opposées aux nôtres; qu'ainsi il n'est point assez universel, et qu'il n'embrasse point le monde entier comme il auroit dû le faire, et comme un jour peut-être notre République l'embrassera? Quoi qu'il en soit de cette objection, à laquelle il n'est pas impossible de répondre, voici une division de l'année plus universelle, et qu'on auroit peut-être bien fait ou mal fait d'adopter, car à quoi ne trouve-t-on pas le pour et le contre?

Par-tout l'homme naît, par-tout il meurt, par-tout il a quatre âges, l'enfance, l'adolescence, la virilité et la vieillesse. Peut-être que si on avoit établi quatre trimestres pour ces quatre âges; peut-être que si on eût fait correspondre la jeunesse de l'homme avec celle de l'année, l'adolescence de l'un avec celle de l'autre, et ainsi de suite, et qu'on eût donné aux douze mois les noms des vertus nécessaires à l'homme pour vivre heureux avec ses semblables, peut-être, dis-je, le Calendrier français eût-il été adopté à la longue par un plus grand nombre de peuples, peut-être fût-il devenu celui des quatre parties du monde.

J'ai déjà parlé de la nomenclature des mois ; je l'ai trouvée admirable pour l'harmonie et les consonnances, et je ne change point d'avis : ce qu'il y a sur-tout de précieux, ce sont les terminaisons en *ôse*, en *al*, en *or*, *etc.* On peut dire : le trimestre en *or*, en *al*, en *ôse*, ce qui simplifie et précise singulièrement les quatre parties de l'année. Il me semble cependant que *pluviôse* dans le trimestre en *ôse* est un mot long, ce qui ne fait point image. Virgile a dit *Nimbosus orion*, et *nimbôse* vaudroit peut-être mieux.

On ne pouvoit guère mieux choisir que germinal et floréal pour exprimer la saison des fleurs et celle des germes ; mais prairial n'est-il pas un peu prosaïque ? Les mots qui nous arrivent immédiatement du grec, ne sont-ils pas plus sonores et plus poétiques que ceux qui nous viennent de notre langue ? Et *viridal*, qui exprime si bien les couleurs favorites du printemps, n'auroit-il pas mieux valu que prairial ? Je laisse la question à décider à des gens plus habiles.

S'ils la décidoient cependant, j'ajouterois qu'ils s'y prennent un peu tard. Les noms des mois républicains sont consacrés par les grands événemens qui portent leurs dates ; on n'oubliera jamais les journées du 9 thermidor, du 13 vende-

miaire, du 18 fructidor. L'histoire va s'en emparer, et les transmettre à la postérité la plus recu-
lée. Que dis-je? notre langue même a cru devoir
les naturaliser parmi nous; on dit les *fructidoriens,*
les *vendémiaristes,* les *thermidoriens,* et la gram-
maire semble se réunir à l'histoire pour rendre ces
noms immortels. Rien ne peut plus être changé à
la forme, ni peut-être même au fond du Calendrier républicain; on ne peut pas plus lui ôter
une qualification, qu'à Hercule sa massue.

Je pris à la tête de ce poëme, lorsqu'il parut
pour la première fois, le titre de *Poète de la Révolution,* titre fastueux dont quelques journalistes ne manquèrent pas de me faire un crime.
Je le pris pour plusieurs raisons : 1°. Parce que
je crois être le Poète qui depuis la révolution a
le plus travaillé pour elle; je le prouve par la nomenclature nombreuse, et toutefois incomplète,
de mes ouvrages patriotiques que j'ai mise à la
tête de la première édition de ce Poëme sur le
Calendrier. 2°. Parce qu'ayant été oublié lors
de la réaction par les distributeurs des récompenses nationales, cet oubli m'a donné le droit
de me rappeler au souvenir de la Nation. 3°. Enfin parce que j'aime la révolution sans approuver
ses excès; parce que je l'aime, non dans le mal
qu'elle a pu faire, mais dans le bien qu'elle a
fait, et qu'un amant se pare ordinairement des
couleurs de sa maîtresse.

Mais vos collègues sont patriotes aussi; mais ainsi que vous ils ont écrit en faveur de la révolution. Eh bien! qu'ils prennent le même titre que moi. La plupart sont plus jeunes, ils ont plus de talent, et par conséquent plus de droits aux faveurs de l'immortelle; la plupart en ont été payés par des places lucratives, par des récompenses glorieuses; quelques-uns par des ambassades, d'autres par des pensions. Pourroient-ils être jaloux d'un homme qui ne demande rien, qui n'a encore rien obtenu que des charges honorables, mais non salariées (1); d'un homme à qui il ne reste pour tout fruit de ses travaux qu'une pauvreté noble, une santé chancelante et une vieillesse anticipée; d'un homme enfin qui trouve sa jouissance dans le plaisir pur d'avoir chanté la liberté pour elle-même et sur-tout pour la faire aimer à ses concitoyens?

Pourquoi, ajoutera-t-on, ne prenez-vous plus ce titre à la seconde édition de votre Poëme? parce qu'il est des vérités qu'il ne faut dire qu'une fois, et d'autres qui ont besoin d'être souvent répétées.

---

(1) Au moment même où l'auteur écrit ces lignes, c'est-à-dire, le 20 messidor an 6, il est officier municipal du onzième arrondissement de Paris et membre du jury d'instruction publique pour les écoles primaires, lesquelles deux places ne rapportent rien, et cependant il a perdu toute sa fortune par le décret du 9 vendémiaire dernier.

Après avoir parlé de moi et de mon Poëme
un peu longuement, je devrois dire un mot de
la traduction qui l'accompagne ; mais je crains
de profaner en le louant le nom de celui qui l'a
faite. Quoique j'aie voyagé en Italie et que j'en
connoisse la langue, je ne la connois point assez
pour prononcer sur le mérite de la poésie ; il y
a des beautés et des finesses qui échappent à
ceux même qui sont le plus en état d'en juger.

Tout ce que je puis dire, c'est que l'auteur de
cette traduction est le citoyen Povoleri, poète
célèbre et connu en Italie et en France par différens ouvrages, homme honnête et estimable
qui possède également bien les langues française,
anglaise et italienne, et je ne doute pas que sa traduction, en embellissant mon foible Poëme, ne
lui donne tous les charmes qui lui manquent et
toutes les graces qu'il n'a pas. Le citoyen Povoleri a traduit avec les citoyens Panckoucke et
Frameri les deux plus grands poètes de l'Italie,
le Tasse et l'Arioste; et l'on sait combien ce travail a été utile en France à tous les amateurs
éclairés de la littérature italienne.

LE
CALENDRIER RÉPUBLICAIN,
POËME.

LE CALENDRIER

RÉPUBLICAIN.

Il faut, mes chers amis, qu'aujourd'hui je m'applique
A vous parler un peu d'instruction publique ;
Que ma muse, oubliant ses légères chansons,
Sur le calendrier vous donne des leçons....
Que dis-je ? Il faut plutôt que ma muse badine
De ce calendrier vous conte l'origine ;
Comment nos sénateurs firent de leur cerveau
Jaillir un beau matin un almanach nouveau,
Où septembre abjurant la règle surannée,
Voit ouvrir et fermer le cercle de l'année ;
Comment, au lieu de sept, les jours comptés par dix,
Sont enfin terminés par d'heureux décadis ;
Comment les fleurs, les fruits, là-haut ont pris la place
D'Antoine, de Bernard, d'Augustin et d'Ignace ;
Et comment sur le front des mois régénérés
Vont briller des saisons les signes révérés.

Pour un sot orgueilleux, qu'il soit en vers, en prose,
Un almanach n'est rien, ou du moins peu de chose ;
Un sot jamais ne pense, et voit tout en courant ;
Mais pour un sage, amis, rien n'est indifférent ;
Dans notre ère nouvelle, avec joie et surprise
Il voit, n'en doutez point, la chûte de l'église ;
De cette église absurde et cruelle à la fois,
Qui prêche la concorde et se bat pour les rois ;

IL CALENDARIO

REPUBBLICANO.

È ORA, amici miei, che il biondo nume invoco;
Dell' istruzione pubblica debbo parlarvi un poco:
La musa, non più intenta a frivole canzoni,
Diavi sull' almanacco delle utili lezioni....
Ma che dico? Egli è meglio che la musa giocosa
Del calendario dicavi l'origine curiosa;
Come i senator nostri fecer dal lor cervello
Spiccare, una mattina, novo almanacco e bello,
Dove settembre abbjura lo stil di vecchia data,
E vede aprire e chiudere il corso dell' annata;
Come, invece di sette, per dieci i dì contati
Da decadì felici sono alfin terminati;
Come i fiori ed i frutti, la sù, preser d'Ignazio
Il luogo, di Bernardo, d'Agostino e Pancrazio;
E come in fronte ai dodici mesi rigenerati
Brillan delle stagioni i segni venerati.

Per lo stolto orgoglioso, sia scritto in versi o in prosa.
Niente val l'almanacco, o almeno poca cosa.
Lo stolto mai non pensa, tutto, correndo, vede,
Ma il vero saggio, amici, tutto importante crede;
Nell' era nostra nuova, con gioja e con sorpresa,
Ei vede già, credetemi, lo sbalzo della chiesa;
Di quella chiesa assurda, perfida insieme e cruda,
Che la concordia predica, e per te il brando snuda;

Il la voit remplacer au temple de mémoire
L'almanach commandé par le pape (1) Grégoire ;
Et le pape Braschi, son dévot héritier,
Suivre, en tombant, les saints de son calendrier.
La superstition meurt avec ses idoles.

A quoi bon, direz-vous, tous ces discours frivoles ?
Muse, au fait;—Au fait soit.—Vous, sans perdre de temps,
Ecoutez les débats des six représentans.

LE président se lève ; en ces mots il s'explique :
Citoyens, tous vos vœux sont pour la République,
Vous souhaitez sa force ainsi que sa grandeur,
Vous brûlez de la voir égaler en splendeur,
Cet astre merveilleux dont la nature entière
Reçoit en même temps la vie et la lumière.
Eh bien ! c'est la raison dont la douce clarté
Peut seule de son front relever la beauté ;
La raison de nos biens est la source féconde,
Et les sots préjugés font le malheur du monde.

Sous le poids accablant de leur joug ennemi
La Nation française a trop long-temps gémi ;
Elle a d'un bras d'airain frappé la tyrannie ;
Il faut que, pâlissant au flambeau du génie,

---

(1) Ce fut Grégoire XIII qui commanda à des mathémati-
ciens, et entr'autres à Louis Lilio, la réforme du calendrier.
Cette réforme, exécutée d'une manière heureuse, fut utile à
beaucoup d'égards ; mais elle propagea les erreurs du fanatisme, et je la considère seulement de ce côté. C'est contre le fanatisme que j'écris, plus que contre le calendrier grégorien.

Della memoria al tempio ei la vede riporre
L'almanacco che un papa (1) fè una volta comporre;
E il Braschi, successore di dritto ereditario,
Cader coi santi e i martiri del suo gran calendario.
Già la superstizione more insieme cogl' idoli.

M.a a che giovan, direte, tanti discorsi frivoli?
Al punto. — Eccomi; e voi, senza perder gl' istanti,
Ascoltate le aringhe di sei rappresentanti.

Il presidente, in piedi, spiegasi in tali accenti:
Cittadini, per certo i vostri voti ardenti
Sono per la Repubblica; in lei forza e vigore
Bramate, e di vederla adeguare in splendore
L'astro brillante, a cui la natura infinita
Deve, ad un tempo stesso, e la luce e la vita.
Se così è, la ragione, con sua pura chiarezza,
Può sola del suo fronte illustrar la bellezza;
La ragione è del bene il principio fecondo,
Gli stolti pregiudizj, la disgrazia del mondo.

Troppo tempo gemette sotto il peso gravoso
La Francia del lor giogo nemico e vergognoso;
Scosso ha omai la tirannide con braccio forte e audace.
Del penetrante ingegno alla brillante face

---

(1) Fu Gregorio XIII che ordinò a matematici, e fra gli altri a Luigi Lilio, la riforma del calendario. Quella riforma,
felicemente eseguita, fu utile a molti riguardi; ma propagò
essa gli errori del fanatismo, e la considero solamente in
questo punto di vista. Scrivo più contro il fanatismo che contro il calendario gregoriano.

L'erreur, mère du crime et de tous les fléaux,
Coure au fond des enfers, cacher ses noirs complots.
L'erreur, du peuple esclave obtenoit des hommages;
Le peuple est libre enfin, qu'il brise ses images;
Qu'il abatte sur-tout le colosse odieux
Qui s'arroge ici-bas la puissance des dieux;
Que du papisme impur il brise la tiare,
Et qu'il foule à ses pieds les terreurs du Ténare;
Que le cicle solaire et les indictions
Cessent de consacrer de plates fictions;
Que de son char dévot tombe l'ère vulgaire :
Elle nous trompoit tous, déclarons-lui la guerre.
Toi, Damon, sans te perdre en de vagues discours,
Charge-toi de l'année, et dirige son cours :
Qu'Ergaste, s'il le veut, alonge la semaine;
Des mois trop inégaux la marche est incertaine,
Enchaîne-les, Valcour, sous le même niveau,
Avec les jours rangés dans un ordre nouveau.
Trop de saintes, de saints, choquent les yeux d'Alcandre,
De leur brillant séjour qu'il les fasse descendre;
Et qu'enfin Théophile en ce jour solemnel,
Ne laisse dans les cieux régner que l'Eternel.

DANS vos travaux sur-tout, faits pour les derniers âges,
Perdez le souvenir des antiques usages;
Et des jours et des mois changez les noms vieillis,
Noms que le fanatisme avait seul établis.
Le Tyrien datoit du moment qu'il fut libre;
Cet exemple suivi par le peuple du Tibre,
Des citoyens de Rome attestoit la fierté.
Il vint aussi le jour de notre liberté;

L'errore, del delitto padre e di tutt'i mali,
Dovrà celar nel baratro suoi progetti infernali.
Rendea 'l popolo schiavo omaggio un dì all' errore;
Libero in ora, scacci gl' idoli suoi dal core;
E sopra tutto atterri quel gran colosso odioso
Che arrogasi 'l potere del ciel giusto e pietoso;
Laceri la tiara del papal soglio impuro,
E calpesti i terrori dell' Acheronte oscuro:
Cessi il ciclo solare, e le indizioni
Di consacrare simili triviali fizioni;
Dal carro suo discenda l'era volgare a terra:
C' ingannò tutti un giorno, facciamole la guerra.
Tu, Damone, comincia senza previo discorso,
Abbi cura dell' anno, e dirigine il corso:
La settimana allunghi Ergasto, se gli piace;
Il declinar dei mesi è ineguale e fallace,
Riducili, Valcorte, allo stesso livello,
Coi giorni ben disposti in ordine novello.
Troppi santi disgustano d'Alcandro l'occhio ardito;
Li faccia omai discendere dal lor brillante sito;
E non lasci Teofilo, in sì solenne giorno,
Regnare altri che Dio nel celeste soggiorno.

Più non badate in oggi, nelle vostre fatiche
Calcolate per noi, alle maniere antiche;
Cangiate i vecchi nomi e dei giorni e dei mesi,
Nomi che il fanatismo solo celebri ha resi.
Il Tirio, allorchè libero, marcò l'epoca augusta:
Seguì un sì bell' esempio Roma di gloria onusta,
Roma superba e fiera, patria di tanti eroi.
Di libertade il giorno è giunto anche fra noi;

Que ce jour glorieux, enfant de la victoire,
Soit un phare allumé pour éclairer l'histoire;
Et que par vous rangé dans les faits éclatans,
Il serve de flambeau sur la route du temps.

DAMON répond alors : On sait que de l'année
La marche par Janus étoit déterminée :
Janus au double front enseignoit à mentir;
Et quel peuple à ses loix voudroit s'assujettir?
Le peuple suit le vrai, même quand il s'égare.

LE jour où succomba la royauté barbare,
Jour qui de nos tyrans abattit le dernier,
De l'an républicain doit être le premier :
Où finissent les rois, la liberté commence.

L'ASTRE brillant du jour entroit dans la balance,
Lorsque, par le sénat annoncée aux Français,
Naquit la République, et des plus beaux succès,
Au peuple qui l'adore offrit de doux présages.
Ainsi la Liberté, qui n'a point deux visages,
A vu le même jour son régne gracieux
S'établir sur la terre ainsi que dans les cieux.

OUI, tu dis vrai, Damon, s'écrie alors un membre;
Oui, l'an républicain doit éclore en septembre;
C'est donner aux tyrans une bonne leçon;
Et tout le comité l'approuve à l'unisson.

LES mois forment les ans; mais des mois peu fidèles,
Aux loix de la méthode il faut changer les ailes;

Questo dì glorioso, figlio della vittoria,
Splenda qual faro acceso, e illumini la storia;
E da voi posto in ordine, serva di chiara face,
Fra le gesta sublimi, del tempo al piè fugace.

DAMONE allor risponde: Si sa che dell' annata
La carriera da Giano era determinata;
Giano, il bifronte dio, insegnava a mentire;
D'un bugiardo alle leggi chi vorrebbe aderire?
Segue il popolo il vero, quand' anch' egli si svia.

IL giorno in cui cadeo l'atroce monarchia,
Giorno che atterrò in Francia l'ultimo suo tiranno,
Dee de' repubblicani il primo esser dell' anno.
La libertà incomincia dove il monarca more.

NELLA bilancia entrava Febo, di Delo onore,
Quando della Repubblica fece spuntar l'aurora
Della Francia il senato al popol che l'adora,
Presagendo ai Francesi gesta insigni e brillanti:
Così la Libertà, che non ha due sembianti,
Il suo benigno impero, senza misterio o velo,
Vide lo stesso giorno fissarsi in terra e in cielo.

Sì, dici 'l ver, Damone, esclama il saggio Ermano,
Da settembre dee sorgere l'anno repubblicàno:
Pei tiranni un tal colpo è una lezione nova;
E tutto il comitato unisono l'approva.

I MESI forman gli anni; ma il mese non è eguale,
Alle leggi del metodo fa d'uopo cangiar l'ale;

c

Aux dépens de décembre alonger février,
Et mettre de niveau tout le calendrier.

Je m'en chargerai, moi, dit Valcour; et j'espère
Que vous l'approuvérez en dépit du saint Père :
Le saint Père, jaloux de nos succès nouveaux,
Nous excommuniera pour prix de nos travaux :
Qu'importe? Eût-il le droit d'interrompre nos veilles,
Les excommuniés se portent à merveilles,
Et je n'ai jamais vu que, pour être damné,
Par Bouvart ou Tronchin on fût abandonné.
Le nombre décimal, à vos ordres docile,
Pour l'esprit le plus lent est d'un abord facile :
Par les doigts on le peint. Renouvelé trois fois,
Le nombre décimal composera le mois,
Et de l'année ainsi, liant les douze frères,
Fera cesser entre eux les intérêts contraires.
Il faut changer leurs noms, signes insidieux
D'un pouvoir chimérique émané des faux dieux;
Et mettant à profit l'utile agriculture,
Leur choisir des parrains dans la simple nature.
Vendémiaire aussi-tôt remplissant mes desseins,
Peindra par les accens la saison des raisins;
Brumaire sur nos fronts étendra les nuages;
Frimaire glacera les humides rivages;
Nivôse, Pluviôse et Ventôse, à pas lents,
Viendront ouvrir des fleurs les jours doux et brillans,
Le sol gémit par eux sous la neige entassée;
Germinal les suivra pour peindre à la pensée
L'effort laborieux des germes créateurs,
D'où Floréal naîtra tout couronné de fleurs.

Livelliamoli tutti; allunghiamo febbrajo
A spese di decembre, e accorciando gennajo.

Son' io che mene incarico, dice Valcorte, e spero
L'approverete ad onta del successor di Piero:
Lancerà 'l santo padre, del nostro ben geloso,
La scomunica in premio del calcolo studioso :
Che importa? I nostri studj può egli mai sturbare ?
E gli scomunicati cessan di bene stare ?
Uomo non vidi mai che, per esser dannato,
Da *Bouvart* o *Tronchin* ei fosse abbandonato.
Il decimale numero, docile, ognun contenta,
Ed al più lento spirito, facile, si presenta :
Perfettamente mostrasi nelle dita distese ;
Rinnovato tre volte, ei dee comporre il mese,
E col legare i dodici fratelli fra di essi
Farem cessare alfine i contrarj interessi.
Cangiar conviene i nomi, segni insidiosi e rei
D'un potere chimerico nato da' falsi dei;
E mettendo a profitto l'utile agricoltura,
Sceglier loro patrini dalla bella natura.
Vendemmiajo per primo mi piace, e con ragione,
Egli della vendemmia indica la stagione.
Un velo nebuloso distenderà Brumajo,
E dei fiumi le sponde agghiaccerà Frimajo :
Con Nevoso e Piovoso, Ventoso, a passi lenti,
Verrà aprire dei fiori le semenze latenti;
Per essi geme il suolo sotto la neve algente :
Li seguirà Germile, per pingere alla mente
Lo sforzo laborioso dei germi creatori
Nel riprodur Fiorile coronato di fiori.

C 2

Prairial vous dira la coupe des prairies,
A vous dont l'ame en proie aux tendres rêveries,
Aimoit à parcourir leur champêtre gazon;
Vous les pleurez : voyez la brûlante saison
Que Messidor conduit sur ses rapides ailes,
Déposer à vos pieds des richesses plus belles;
Thermidor qui le suit entouré de roseaux,
Vous offrir un asyle au milieu de ses eaux;
Et Fructidor enfin, des mois le plus aimable,
Du luxe de Pomone enrichir votre table.

Q u e ces noms sont heureux ! s'écrie avec transport
Un membre ami des champs, jeune et sensible encor :
Germinal me verra caresser ma Lisette,
Floréal de bouquets orner sa collerette,
Prairial la mener sur de rians gazons,
Messidor avec elle achever mes moissons,
Thermidor près des eaux détacher sa ceinture,
Fructidor lui servir la pêche la plus mûre,
Vendémiaire enivrer ses esprits amoureux,
Brumaire sous un voile abriter ses cheveux,
Frimaire au coin du feu la proclamer vestale,
Nivôse à sa blancheur offrir une rivale,
Pluviôse pour elle affronter les torrens,
Et Ventôse braver les sombres ouragans.

E r g a s t e a la parole : Aux jours hebdomadaires
Il oppose les jours appelés décadaires.
Le nombre sept, dit-il, par les ans consacré,
Fut aux bords de l'Indus, trop long-temps révéré;
Des superstitions il fut le grand mobile;
Le culte qu'on lui rend du sage émeut la bile:

Pratile offrirà il mese in cui falciansi i prati
A voi, l'alma de' quali, in preda a pensier grati,
Amava di trascorrere il verde lor ridente ;
Non vi dolga di perderlo : la stagione cocente,
Che sull' ali sue placide Messidoro conduce,
Richezze via più belle a' piedi vostri adduce.
Termidoro che 'l segue, di canne e d'algà cinto,
Additavi un' asilo nel suo ondoso ricinto ;
E il grato Fruttidoro, che l'anno alfin corona,
Vi arricchisce la mensa dei doni di Pomona.

FELICI nomi ! estatico esclama un membro allora,
Agrifilo, sensibile, e in fresca etade ancora:
Accarezzar Lisetta mi troverà Germile,
E d'olezzanti fiori ornarle il sen, Fiorile,
Pratil, condurla meco sull' erba fresca e folta,
Messidor, seco lei fornir la mia raccolta,
Scioglierle il cinto al fonte vedrammi Termidoro,
La più matura pesca offrirle, Fruttidoro,
L'amoroso suo core inebbriar, Vendemmiajo,
Raccor sotto un bel velo il di lei crin, Brumajo,
Frimajo, presso al fuoco proclamarla vestale,
Nevoso, a sua bianchezza offrirgli una rivale,
Per lei varcar torrenti mi vedrà alfin Piovoso,
E sprezzar gli aquiloni, il mugghiante Ventoso.

ERGASTO ha la parola : Ai giorni ebdomadarj
Oppongo, dice, i giorni chiamati decadarj.
Il numero di sette, dagli anni consacrato,
Fu dell' Indo alle sponde troppo a lungo onorato:
Esso fu il primo mobile della superstizione ;
Rendere un culto simile è contro la ragione:

Je ne puis y souscrire , et briser son autel,
C'est rendre au genre humain un service immortel ;
Qu'au nombre décimal il cède enfin la place,
De nos fastes nouveaux que la raison l'efface ;
Qu'à son aspect il fuie, et laissons les Hébreux
Rendre au jour du sabbat leurs hommages nombreux,
Hommages insensés, nés d'un esprit malade.
Transformons, en un mot, la semaine en décade.

Sur le projet nouveau Lalande (1) est consulté,
Lalande approuve tout : d'un honneur mérité,
La décade jouit, malgré la cour romaine,
Et de sa niche antique expulse la semaine.

Ergaste au même instant, donne aux jours inégaux,
Les noms simples et doux des nombres ordinaux ;
A lundi, primidi rapidement succède,
Dix à sept, et l'erreur à la vérité cède.

La vérité, pourtant, a plus d'un ennemi ;
Le fanatisme impur n'est dompté qu'à demi ;
Sur le vieux almanach il étendoit ses ailes,
Et protégeoit des saints les fêtes solemnelles :
Le peuple même, hélas ! trop docile à sa voix,
Rendoit un culte impie à je ne sais quels rois
Arrivés d'Orient aux clartés d'une étoile :
Sur le front des humains pourquoi laisser le voile
Que la main de l'erreur avoit seule étendu ?
Un Dieu, mes chers amis, ne peut être pendu.

---

(1) Le fameux astronome. Il a été consulté sur le calendrier
républicain par le comité d'instruction publique.

Soscrivervi non posso, e il rovesciarne l'ara
Sarà per l'uman genere cosa importante e cara.
Al decimale numero più il sette non sovrasti;
La ragion lo cancelli da nostri nuovi fasti;
Al suo apparir sen fugga, e lasciamo agli Ebrei
Rendere omaggio al sabato, giorno sacro a' Giudei,
Sciocco omaggio d'un cerebro distorto e contraffatto:
La settimana in decade trasformiamo ad un tratto.

Sopra il nuovo progetto Lalande (1) è consultato,
Lalande approva tutto: gode onor meritato
La decade a dispetto della corte romana,
E dall' antica nicchia scaccia la settimana.

Ergasto al tempo stesso presta ai nomi ineguali
I nomi grati e semplici dei numeri ordinali;
Al lunedì in un subito il primidì succede,
Al sette il dieci, e al vero l'error funesto cede.

Ma da più d'un nemico il vero è ancora cinto;
Il fanatismo impuro non è che a metà vinto;
Sopra 'l vecchio almanacco l'ali sue distendeva,
E le feste solenni dei santi proteggeva:
Troppo a sua voce docile, aimè! l'incauta gente
Rendeva un empio culto a certi re d'oriente,
Guidati, non so come, di stella allo splendore:
Perchè lasciar sugli occhi il velo dell' errore
Che di sua mano perfida il fanatismo ha steso?
Può in croce, amici miei, essere un Dio sospeso?

_____

(1) Il celebre astronomo. Egli è stato consultato sul calendario repubblicano dal comitato d'istruzione pubblica.

Jésus fut tout amour; et sa philanthropie
Ne s'accorda jamais avec la tyrannie ;
Il falloit décerner à ce tendre mortel
La couronne civique, et non pas un autel.....
Mais il ressuscita, me direz-vous peut-être.
Un Dieu peut-il mourir ? un Dieu peut-il renaître ?
Non, puisque le mensonge est enfin abattu,
Il faut supprimer Pâque et fêter la Vertu.

La modeste vertu, compagne du génie,
Avec les grands talens est quelquefois unie :
Le génie à son tour doit être célébré ;
De lauriers et de fleurs que son front soit paré,
Et qu'au travail, sur-tout, le peuple rende hommage :
Un travail obstiné du pauvre est l'héritage.
Dans le sein de la terre il cache ses trésors;
Peuple, pour les ravir redouble tes efforts.

L'OPINION maligne, et pourtant nécessaire,
Fut nommée autrefois la reine du vulgaire.
Peuple, à son tribunal conduis tes magistrats;
Qu'elle règle leur marche en redressant leurs pas :
Ton arme en tous les temps fut la plaisanterie ;
Sur l'ennemi des lois lance la raillerie :
Fais rougir l'ignorant, fais trembler le fripon;
Mais il faut distinguer Socrate de Cléon.
Cléon des magistrats fut le plus infidèle;
Socrate des vertus est l'éternel modèle.
Raille sans offenser, et, la ciguë en main,
Ne poursuis point un sage honneur du genre humain.

Gesù fu tutto amore; là sua filantropìa
Non s'accordò giammai coll' empia tirannìa,
Ad un mortal sì buono convenia decretare
Una corona civica e non mica un' altare....
Ma risuscitò cristo, forse potrete dire;
Può dunque un Dio rinascere? può mai un Dio morire?
No, giacchè da noi dunque la menzogna è sbandita,
Celebriam la Virtude, e sia Pasqua finita.

La modesta virtude, compagna del sapere,
Unita ai gran talenti suol talvolta parere;
L'ingegno pure ha il dritto d'essere celebrato;
Sia l'augusto suo fronte d'allori e frondi ornato.
Sopra tutto al lavoro il popol renda omaggio;
Del povero l'intenso lavoro è l'eritaggio;
Ei nel sen della terra cela i tesori suoi;
Popolo, per rapirli raddoppia i sforzi tuoi.

L'OPINIONE maligna, ma però necessaria,
Fu chiamata del popolo la regina arbitraria.
Al di lei tribunale conduci i magistrati,
Popolo, e sien da lei i passi lor guidati.
Ognor fu la facezia l'arma tua naturale;
Delle leggi al nemico lancia il pungente strale:
Fa arrossir l'ignorante; fa tremare il briccone;
Ma conviene distinguere Socrate da Cleone.
Cleon dei magistrati fu di tutti il più ingiusto;
Delle virtù il modello sempr' è Socrate il giusto.
Motteggia senza offendere, e del genere umano
Non inseguire il saggio, la cicuta alla mano.

Au citoyen illustre il faut des récompenses ;
Les rois offrent de l'or, les papes des dispenses :
Peuple, le dernier jour cueille un peu de laurier,
Pose-le sur le front du valeureux guerrier ;
Du véritable éclat c'est toi qui l'environnes,
La palme du civisme éclipse les couronnes.

Ainsi parle Valcour ; Valcour est écouté,
Il est même applaudi. Le docte comité
Ajoute aux douze mois les jours complémentaires,
Jours de fêtes parés de guirlandes légères,
Qui du Sénat français préviennent les desseins.

On n'a point toutefois remplacé tous les saints,
Qui, près du Créateur, tels qu'une fourmillière,
Des superstitions font flotter la bannière.
Alcandre les dénonce, et s'exprime en ces mots :
Des superstitions naquirent tous les maux.
Vous le savez, amis : avec leurs patenôtres,
Les moines, les prélats, et même les apôtres,
Ont enchaîné le monde et peuplé de bandits
Le merveilleux séjour qu'ils nomment paradis,
Séjour aux fous ouvert et fermé pour les sages.
Des fleurs, des fruits, des bois et des gras pâturages,
Le nom à retenir est plus doux, plus aisé,
Que celui d'un brigand jadis canonisé.
Le baudet, le coursier rendent les champs fertiles,
Et j'aime mieux cent fois les animaux utiles,
Que tous ces fainéans confesseurs, confessés,
Qu'une pieuse main à sous verre enchâssés,
Et dont les os pourris, transformés en reliques,
Ne peuvent qu'aggraver les misères publiques. ....

Al cittadino illustre debbonsi ricompense;
I regi offrono l'oro, i papi le dispense.
Popolo, spicca un ramo d'alloro glorioso,
E cingine la fronte del guerrier valoroso:
Sei tu che lo circondi del vero almo splendore;
Ecclissa il serto civico del soglio il falso onore.

Così parla Valcorte, e Valcorte è ascoltato,
Ed in oltre applaudito. Il dotto comitato
Aggiunge poscia ai mesi di compimento i giorni,
Giorni festivi ed ilari, e di ghirlande adorni,
Che del Senato augusto prevengono i disegni.

Restano ancor frattanto i misteriosi segni
Della turba de' santi, che, affollati in ischiere,
Della superstizione agitan le bandiere.
Alcandro li denunzia, e brievemente espone
Che tutti i mali nacquero dalla superstizione.
Amici, voi 'l sapete, è inutil ch' io vi mostri
Quanto i prelati e i monaci, coi loro paternostri,
E gli apostoli stessi, abbiano incatenato
Il mondo, e 'l paradiso di furbi popolato;
Soggiorno a' sciocchi aperto, e chiuso pegl'istrutti.
Dei pascoli, dei prati, dei boschi, fiori e frutti
È più dolce, e più facile di ritenere il nome
Di quello d'un furfante, santo di soprannome.
Rendono i campi fertili e l'asino e 'l corsiero,
E gli utili animali amo ben meglio in vero
Che tutti gl' infingardi preti, eremiti e frati,
Che fur da man pietosa sotto un vetro incastrati:
Le putride ossa, inchiuse in sì ricca materia,
Non fanno che aggravare la pubblica miseria.

Un petit homme admis à ces légers débats,
Tartuffe, un peu fâché de voir les saints à bas,
Auprès des sénateurs se glisse avec souplesse,
Et dit avec l'accent d'une vive tristesse :
Des bienheureux ainsi profaner le grand nom !
Préférer un baudet au divin. . . Pourquoi non ?
Répond le président ; Bernard et Dominique,
Tyrans en capuchon, rois à longue tunique,
Firent de leur pouvoir le plus funeste emploi ;
Un âne sans murmure obéit à la loi,
Et ces prétendus saints la violoient sans cesse ;
Ils absolvoient le riche et blâmoient la richesse,
Et de la liberté farouches ennemis,
Ordonnoient que le peuple aux tyrans fût soumis.

Il dit. Au même instant de la voûte azurée
Déménage des saints la famille éplorée,
Où saint Pierre agitoit les clefs du paradis,
S'élancent deux coursiers vigoureux et hardis ;
L'un écarte Joseph, l'autre poursuit Antoine,
Des palais étoilés tombent moine sur moine ;
La vigne se marie à son arbre chéri,
Dans la chaire où prêchoit Philippe de Neri.
Tout est bouleversé : la douce marjolaine
Fleurit où soupiroit la tendre Magdeleine ;
Le grand Thomas d'Aquin plus humble qu'un ciron,
Fuit et cède la place au large potiron ;
Louis le saint pâlit ; sur sa pourpre royale
Un jeune taureau monte, et fièrement s'étale ;
A la belle génisse il impose la loi.
Pour le roi qui fut saint, rempli d'un double effroi,

Un omicciuolo ammesso a questa discussione,
Tartuffo, un poco in colera a tal proposizione,
Vedendo a terra i santi, s'insinua con destrezza
Nel senato, e con voci di profonda tristezza:
Chi de' beati il nome, dic' egli incontinente,
Profanò, preferendo l'asino.... Il presidente
Risponde, e perchè no? Domenico e Bernardo,
Re l'uno e l'altro in tonaca, tiranno ed infirgardo,
Uso funesto fecero del gius a lor concesso:
Un asino non mormora; alla legge è sommesso,
E quei pretesi santi ognora la violavano;
Assolvevano il ricco, e scaltri biasimavano
La ricchezza; feroci di libertà nemici,
Sommetteano ai tiranni i popoli infelici.

λ

Disse; al momento stesso dalla cerulea volta
Sloggia dei santi in lagrime la famiglia sconvolta.
Dove san Pier le chiavi tenea, là due corsieri
Si lancian fra le stelle, vigorosi ed alteri;
Uno scaccia Giuseppe, e l'altro insegue Antonio;
Cade dal ciel repente, come già fè il demonio,
Monaco sopra monaco: alla pianta gradita,
Di Neri nella catedra, la vite si marita;
Tutto è già in iscompiglio; il tritico o l'avena
Spunta ove sospirava la bella Maddalena;
San Tommaso d'Aquino, qual umil pellicello,
Cede il posto alla zucca, frutto sì grosso e bello.
Luigi impallidisce; vede l'illustre santo
Pomposamente stendersi sopra il regio suo manto
Un torello che tiene la giovenca in rispetto.
Tremante pel suo santo, con riverente affetto,

Le petit homme alors aborde Théophile.

Composant à la fois son visage et son style,

Souffrirez-vous, dit-il, que le grand Louis neuf

Soit dans le paradis remplacé par un bœuf?

Que dans un petit coin de votre ère nouvelle

Il reste au moins gravé?... Le bel honneur pour elle,

Réplique Théophile au rusé papelard;

Il faut un Dieu par-tout; et des rois nulle part.

Accosta l'omicciuolo Teofilo contento,
E con viso, e con stile a persuadere intento,
Soffrirete, dic' egli, che in cielo a un re sì buono
Venga anteposto un bue? Al gran Luigi nono?
Lasciate che in un' angolo almeno inserto sia
Dell'era vostra nuova...... Un bell'onor saria,
Teofilo risponde dell' ipocrito all'arte :
Dio solo da per tutto; i regi in niuna parte.

LES

TRENTE-SIX HYMNES

CIVIQUES

Pour les trente-six Décadis de l'Année
Républicaine.

D

LES

TRENTE-SIX HYMNES

CIVIQUES.

1er Vendémiaire.

LA FONDATION DE LA RÉPUBLIQUE (1).

Jour heureux où naquit la grande République !
Jour que tout citoyen s'empresse d'honorer !
Pour t'offrir de mon cœur l'hommage véridique,
Est-ce le dieu des vers que je dois implorer ?

C'est Bacchus; non ce dieu turbulent et perfide,
Qui voile de l'esprit le flambeau créateur,

(1) La constitution de l'an 3 a voulu que la fête de la Fondation de la République fût le premier vendémiaire. Quant aux autres fêtes nationales, elles tombent toutes les décadis; elles sont placées à leur rang et par ordre de date dans ce recueil; mais au lieu de trente-six hymnes civiques que j'ai annoncés, j'en donne trente-sept, et l'on en voit la raison.

D 2

Et tarit le poison d'une coupe homicide ,
Mais Bacchus le Thébain (1), Bacchus libérateur.

Il a vu ses autels encensés dans la Thrace,
Il fut l'ami du peuple et l'ennemi des rois;
Sur son front éclatoient la majesté, la grace;
Il bâtit Eleuthère et lui donna des lois.

Que vois-je? il m'apparoît !... il va parler lui-même:
Peuple, prêtez l'oreille à ses divins accens;
Il va, sans les troubler, par un charme suprême
Enchanter à-la-fois votre oreille et vos sens.

Je ne suis point le dieu qui préside à l'ivresse :
J'aime les arts, dit-il; j'aime sur-tout la paix;
Si par mes sentimens je fus cher à la Grèce,
Je conquis l'univers à force de bienfaits.

C'est moi qui le premier, guidé par la nature,
Exprimai du raisin le suc délicieux :
Mais aux foibles humains que guide l'imposture,
J'ai dit : N'abusez point de ce don précieux.

Que le vulgaire impur, des hideuses bacchantes
Encense follement les horribles appas;
J'invoque d'Apollon les compagnes savantes;
A toute heure, en tous lieux elles suivent mes pas.

---

(1) Les anciens distinguoient trois ou quatre Bacchus; le
Thébain, l'Indien, le fils de Jupiter et de Sémélé : il paroît
que le Thébain étoit le plus vertueux : j'ai cru devoir le donner pour patron à la République.

Instruit par les leçons d'un vieillard vénérable,
Du joug des potentats j'affranchis les mortels;
La liberté m'enchante, et ma voix redoutable
Fit trembler les tyrans jusques sur leurs autels.

Tu viens de m'imiter, Peuple que j'idolâtre;
Peuple Français, par toi les trônes sont détruits;
Le courage succède à ton humeur folâtre,
Et de tes grands exploits tu recueilles les fruits.

Par le mois qui m'est cher tu commences l'année.
Année heureuse et sainte où tu conquis tes droits.
Dans les âges futurs de pampres couronnée,
Je la vois qui s'avance et fait pâlir les rois.

Que ta haine pour eux jamais ne t'abandonne,
Mais sois toujours uni pour les mieux comprimer:
A son frère irrité que le frère pardonne;
Pour vivre en paix toujours, il faut toujours s'aimer.

C'est le maître des dieux qui veut que tu respires
Sur les lauriers brillans que tu viens d'entasser :
L'hydre des factions dévore les empires,
Avec l'arme des loix il la faut terrasser.

Il cesse de parler : d'une douce musique
Les Muses à l'instant font retentir les airs;
Elles chantent en chœur : VIVE LA RÉPUBLIQUE,
Et que la royauté soit plongée aux enfers.

10 Vendémiaire.

HYMNE A L'ÊTRE SUPRÊME.

O DIEU qu'adore l'univers,
Sublime ordonnateur des mondes,
Toi, qui peuples d'êtres divers
La terre, les cieux et les ondes,
Permets-tu que l'œil d'un mortel,
Malgré l'éclat de ta lumière,
Jusques à ton trône éternel
Élève sa foible paupière?

J'entends l'athée audacieux,
T'insultant même en ta présence,
Dire : Il n'est point de roi des cieux,
C'est une erreur que sa puissance.
Quel délire au sien est pareil
S'il te refuse un juste hommage?
N'as-tu pas, au front du soleil,
En traits de feu peint ton image?

Quelle main de la sombre nuit
Vient au soir déployer les voiles,
Et sur le char qu'elle conduit
Semer d'innombrables étoiles?

Quelle main balance dans l'air
Tant d'astres roulant sur nos têtes?
Quelle main allume l'éclair
Prompt avant-coureur des tempêtes?

Est-ce toi, divin créateur,
Qui fais éclore ces merveilles?
Est-ce toi, superbe docteur,
Qui les enfantes dans tes veilles?
Toi qui veux qu'un triste hasard
Règle ta conduite insensée,
Par-tout Dieu brille à ton regard,
Par-tout il s'offre à ta pensée.

N'est-ce pas lui qui sur les flots
Entretient le calme ou l'orage,
Conduit au port les matelots,
Ou les abandonne au naufrage?
N'est-ce pas lui qui du soleil
A construit les douze demeures,
Et qui le guide à son réveil
Sur un char traîné par les Heures?

Toi-même, de ce Dieu puissant
N'es-tu pas le plus bel ouvrage?
Ton cerveau pense, ton cœur sent,
Peux-tu desirer davantage?
Ingrat, quoiqu'en lettres de feu
On lise au ciel l'Être Suprême,
Si tu veux reconnoître un Dieu,
Tu n'as qu'à descendre en toi-même.

20 Vendémiaire.

A L'AMOUR DE LA PATRIE.

Elle t'a nourri, t'a vu naître,
C'est trop peu que de l'adorer ;
Aux parens qui t'ont donné l'être,
Mortel, tu dois la préférer.

Fut-il aux terres de Golconde,
Possesseur des plus beaux rubis !
Hélas ! n'est-il pas seul au monde
L'homme exilé de son pays ?

Ah ! certes, elle n'est point vaine
La douceur qui suit son retour,
Lorsqu'il voit de loin, dans la plaine,
Fumer le toît de son séjour.

Voyez les fils de l'hirondelle,
Lorsque l'hiver vient les bannir,
Ils s'envolent à tire-d'àile,
Mais c'est pour bientôt revenir.

Voyez le lion plein de rage,
Par l'amour du pays charmé,
S'il est sur un lointain rivage,
Chercher son antre accoutumé.

Mais autrefois du bon Socrate,
Athènes fit trancher les jours,
Et si la patrie est ingrate
Lui doit-on obéir toujours?

Oui; qu'elle soit douce ou cruelle,
Lègue un exemple à tes neveux:
Aristide banni par elle,
Pour elle encor formoit des vœux.

30 Vendémiaire.

AU DÉSINTERESSEMENT.

Les rois de leur trésor en vain s'enorgueillissent;
Leurs vœux les plus ardens rarement s'accomplissent.
Sur le trône, auprès d'eux, compagnon de la mort,
Vient s'asseoir le pâle Remords.
Sans cesse il les poursuit au milieu des ténèbres,
Et trouble leur sommeil par des songes funèbres.
Mortel, devant Plutus, garde-toi de fléchir;
C'est le mépris de l'or qui peut seul t'enrichir.

Vois Epaminondas : des tyrans en furie,
Dans les combats, vingt fois il sauva sa patrie;
Et ne voulut pour prix d'un courage indompté,
Qu'une honorable pauvreté.

Ce grand homme, ennemi d'une vile richesse,
Fut l'amour des Thébains et l'honneur de la Grèce.
Mortel, devant Plutus, &c.....

Contemple Curius, qui des rois fut le maître,
Et qui préfère au trône un escabeau champêtre :
Le Samnite l'aborde, et, par de vains présens,
     Cherche à corrompre ses vieux ans :
Garde, répondit-il, ces dons à qui tout cède ;
Il vaut mieux commander celui qui les possède.
Mortel, devant Plutus, &c.....

Désintéressement, c'est toi qui, dans leurs ames,
Soufflas de la vertu les généreuses flammes ;
A leurs vœux modérés, à leur frugalité,
     Ils ont dû l'immortalité :
Veux-tu jouir, comme eux, d'une solide gloire,
Et, comme eux, arriver au temple de mémoire ?
Mortel, devant Plutus, &c.....

Tu le crois riche à tort, celui qui, sur l'arène,
Affecte dans un char la grandeur souveraine.
Qui mérite ce nom ? l'ami des loix, des dieux,
     Repoussant un luxe odieux ;
Et qui, loin des flatteurs, et sur-tout de l'envie
Etudie en secret l'art de cacher sa vie.
Mortel, devant Plutus, &c.....

10 Brumaire.

LES VICTOIRES DE LA RÉPUBLIQUE.

Tout alloit expirer, et tout semble renaître,
Tout semble dans les champs reprendre un nouvel être;
L'air est plus embaumé, le ciel est plus serein :
D'où naît ce changement? C'est la Liberté sainte
Qui descend par degrés de la céleste enceinte;
C'est la divinité du Peuple souverain.

Elle avance vers moi; sa marche est noble et fière;
Un bonnet arrondi sur sa tête guerrière,
Rappelle d'un héros le courage éclatant :
Je ne m'incline point en signe d'esclavage,
Mon cœur plus que mon front lui rend un prompt hommage,
Et ces mots de sa bouche échappent à l'instant.

C'est du peuple que vient la suprême puissance;
Le peuple est le héros qu'avec reconnoissance
Doit placer le poète au rang des immortels :
Tout émane de lui, la vertu, le génie;
Tout le mal naît des rois et de leur tyrannie.
Aux rois il faut la mort, aux peuples des autels.

C'est Pindare sur-tout dont le sublime exemple
Aux poètes promet la moisson la plus ample,

Quand sur un char de feu, dans les airs emporté,
Semblable à Phaéton il répand la lumière;
Et lorsque parcourant la plus vaste carrière,
Il n'est point comme lui des cieux précipité.

Avec légéreté, sur la plaine profonde,
Pindare fait voguer sa barque vagabonde,
Et pour elle ne craint ni les vents, ni les flots.....
Un tourbillon l'atteint, l'engloutit dans l'abîme,
L'œil croit que de Neptune il devient la victime;
Mais bientôt l'enchanteur reparoît sur les eaux.

Alcée est digne encor de toute ma tendresse;
Il brûle de mes feux, respire mon ivresse,
Et l'on prendroit ses vers pour mes nobles transports.
Des tyrans de Lesbos il confondit la rage,
Et du peuple contre eux soulevant le courage,
Il vit de leur orgueil se briser les efforts.

Que Tirtée est sublime en sa fureur guerrière!
Voyez Sparte à sa voix se levant toute entière,
Aux fiers Messéniens préparer des revers.
Ce poète, guerrier, poussé par son délire,
Alloit-il dans les camps faire entendre sa lyre?
Mars cédoit une palme à chacun de ses vers.

Pour toi, sage Therpandre, émule de Tirtée,
Ta lyre, entre tes doigts mollement agitée,
Pénètre dans les cœurs par des sentiers plus doux;
Aux accens de Tirtée on voit les mers profondes
Soulever tous leurs flots, entrechoquer leurs ondes,
A la voix de Therpandre expire leur courroux.

Imitez-les sans cesse, élèves du Parnasse,
L'un par la force règne, et l'autre par la grace;
Que leurs talens divers soient par vous réunis,
Faites haïr les rois et chérir mon empire,
Je suis la Liberté. Sur tout ce qui respire
Mon pouvoir est sans borne et mes droits infinis.

Les chantres si vantés de Sparte et de la Grèce,
Eurent-ils seuls le droit de peindre l'alégresse
Qu'inspire la victoire à de braves guerriers?
Depuis que la Loi parle, et qu'il règne par elle,
La Victoire inconstante au Français est fidelle,
Et fait ployer son front sous le poids des lauriers.

Le voyez-vous, du haut des Alpes menaçantes,
Bravant des potentats les fureurs impuissantes,
Sur Rome, où je régnai, diriger ses regards?
Et dans l'air agitant les couleurs de la France,
L'un par l'autre animés chasser en espérance,
Un prêtre usurpateur du trône des Césars?

Tremble, Rome profane, et qui dis être sainte;
Tremble, ils seront bientôt bannis de ton enceinte,
Ces tyrans empourprés qu'on nomme cardinaux:
Ton enceinte, féconde en guerriers magnanimes,
N'est qu'un vaste repaire ouvert à tous les crimes,
Vuide de légions et vuide de héros.

Contre les fiers Gaulois qui défendra tes portes?
Camille ne vit plus, et ses braves cohortes
Reposent avec lui dans la paix des tombeaux;
Il n'est plus de Brutus qui démasque les traîtres,

Et ton mâle génie, enchaîné par les prêtres,
De sa gloire, en pleurant, traîne les vils lambeaux.

Des Alpes tout-à-coup de glaçons couronnées
La victoire s'élance, et des deux Pyrénées,
Elle court investir les sommets radieux.
La voyez-vous toujours pour la France combattre ?
Fuentès, Navarro (1) veulent en vain l'abattre;
Le monarque espagnol tombe avec ses faux dieux :

Aux fiers républicains cède Fontarabie;
La Cerdagne est conquise et non pas asservie;
Où Berwick échoua, Dugommier est vainqueur;
Des hameaux navarrois les Lycurgues champêtres,
Ont secoué le joug que traînoient leurs ancêtres,
Et s'unir à la France est le vœu de leur cœur.

Qu'ils tremblent à leur tour, ces tyrans de Sorbonne,
Que Sarragosse a vus, que voit encor Lisbonne
Au nom d'un Dieu de paix exercer leurs fureurs !
Il est venu, le temps de venger leurs victimes;
Le ciel les fait rentrer dans leurs droits légitimes,
Et le bûcher attend les sacrificateurs.

Si de Guipuscoa je passe jusqu'aux rives
Où l'Escaut gémissant roule ses eaux captives;
Quel triomphe nouveau vient frapper mes regards ?
Là, s'enfle en vain d'espoir le tyran germanique;
Malgré tous ses efforts je vois la République
Dans les champs de Fleurus planter ses étendards.

_____

(1) Généraux Espagnols. Cette Ode a été composée en prairial 1793.

Par-tout elle triomphe, et déjà ses cohortes
Des plus fières cités se font ouvrir les portes.
Ostende les reçoit dans son port indigné,
Charleroi, Mons, Namur, Oudenarde, Bruxelles,
Abaissez votre orgueil devant des loix nouvelles,
Le Français est vainqueur, vos tyrans ont régné.

Et toi, superbe Anglais, vois des champs d'Amérique
Chez le peuple amoureux de la palme civique,
L'abondance accourir sur de légers vaisseaux ;
Il a brisé le sceptre, et dans ta main perfide
Il brisera bientôt le trident homicide
Que ton farouche orgueil fait peser sur les eaux.

Chappe de la victoire (1) a centuplé les ailes :
Vois comme par son art les conquêtes nouvelles
Se hâtent d'apporter leurs moissons de lauriers !
La pensée est moins prompte et l'éclair moins rapide,
Son art rapprochant tout dans les plaines du vuide,
Au milieu du sénat transporte les guerriers.

A ces mots la déesse, objet de mon hommage,
Retourne vers les cieux sur un léger nuage,
Que de jeunes zéphyrs balancent dans les airs ;
Je veux avec respect fixant les yeux sur elle,
Contempler sa fierté, sa grace naturelle :
Elle fuit, et s'éclipse au milieu des éclairs.

---

(1) Allusion au télégraphe, invention heureuse du citoyen
Chappe, par laquelle la Convention a appris dans une heure
la nouvelle de la reprise du Quesnoi.

---

20 Brumaire.

HYMNE AU COURAGE.

O COURAGE guerrier, vertu des républiques,
Contre les rois arme nos mains;
Au Français amoureux des palmes héroïques,
De la gloire ouvre les chemins.
Que des tyrans tout satellite
Né pour ramper sous les Césars,
L'un sur l'autre se précipite
A l'aspect de nos étendards.

Que le soldat des rois est peu digne d'envie,
Et qu'il montre de lâcheté !
Pour une injuste cause il prodigue sa vie,
Et meurt sans être regretté.
Quand la liberté les inspire
Et les pousse dans les combats,
Tout soldat est un Cinegire,
Et tout chef un Léonidas.

Idole des héros de Rome et de la Grèce,
C'est toi que j'invoque aujourd'hui,
Verse dans tous les cœurs la martiale ivresse,
Qui d'un peuple libre est l'appui;

Que, ranimant Lacédémone,
On voie enfin tous nos guerriers
Triomphans aux champs de Bellone,
Ou mourans sur leurs boucliers.

3o Brumaire.

AU COMMERCE.

C'est la méprisable paresse
Qui fait le malheur d'un état;
L'industrie en fait la richesse,
C'est d'elle que naît son éclat.
Le démon de la négligence
T'enlève cent dons précieux
Mortel, es-tu laborieux?
Tu triomphes de l'indigence.

Vois-tu ce lac dont l'eau dormante
Des airs corrompt la pureté?
Il t'offre une image alarmante
De la pesante oisiveté :
Le Commerce au fleuve semblable
Se divise en nombreux ruisseaux,
Et par-tout répandant ses eaux,
Des champs est le dieu secourable.

E

Commerce, enfant de l'industrie,
Règne toujours sur les Français;
C'est par toi seul que ma patrie
Obtiendra les plus beaux succès;
C'est par toi que fendant les ondes
Nous parcourons le monde entier;
Ton bras est le puissant levier
Qui fait seul mouvoir les deux mondes.

---

10 Frimaire.

HYMNE A LA HAINE DES TYRANS

ET DES TRAITRES.

Viens seule guider mes pinceaux,
Haine des tyrans et des traîtres;
Peins au monde ces deux fléaux,
Et qu'il cesse d'avoir des maîtres.
Fais que l'amour sacré des lois,
Sur le despotisme aux abois,
Lance des traits neufs et sublimes,
Et que l'on déteste les rois
D'après le tableau de leurs crimes.

Vous qui sous mille noms divers
Gouvernez de vastes provinces,

Qu'avez-vous fait pour l'univers,
Rois, conquérans, monarques, princes?
Par la défiance entraînés,
Vous vous êtes environnés
Des noirs suppôts de Canidie.
L'histoire des fronts couronnés,
Est celle de la perfidie.

Persécuteurs de la vertu,
Mais amis de la calomnie,
Toujours vous avez combattu
Les mœurs, les talens, le génie.
Vous l'ordonnez, et sans retour
Le saint objet de notre amour,
La Liberté chancelle et tombe :
Telle sous le cruel vautour
Se débat la tendre colombe.

Mère des filles de l'enfer,
L'ambition tourne vos têtes ;
Et dans vos mains place le fer
Auteur des sanglantes conquêtes.
Les villes et leurs monumens,
Frappés de momens en momens,
S'enfoncent cachés sous les herbes ;
Et sur des monceaux d'ossemens
S'élèvent vos palais superbes.

Le monde en vain tombe à vos pieds
Pour implorer votre indulgence ;
Vous n'êtes point rassasiés
Ni de meurtres, ni de vengeance :

E 2

Vous restez sourds à ses douleurs,
Remplaçant par des airs railleurs
La pitié qu'il a droit d'attendre;
Et buvez le sang et les pleurs
Que vos soldats ont fait répandre.

Non, des rois ne pourront jamais,
J'en atteste leur vie entière,
Autrement que par des forfaits,
Du trône suivre la carrière.
Mortels, sous leur joug abattus
Vous leur supposez des vertus
Dont l'effort vous paroît sublime :
Voulez-vous connoître Titus?
Voyez les cendres de Solime.

Ils ont cru, ces fiers potentats,
Nous forger de nouvelles chaînes;
Toujours de leurs riches états
Ils ont cru conduire les rênes :
Ils l'ont cru..... Le Peuple français
Indigné des maux qu'ils ont faits,
Sur leurs fronts a lancé la foudre ;
Leurs fronts ne sont plus sous le dais,
Et leurs trônes sont dans la poudre.

Mais Auguste le conquérant
N'a-t-il pas droit à votre hommage?
Et du Louis surnommé Grand,
N'aimez-vous pas la noble image?
Moi! je pourrois les caresser !

Moi, je pourrois leur adresser
Des éloges ou des prières !....
Vil flatteur, cours les encenser.....
Que l'on me ramène aux carrières.

---

20 Frimaire.

HYMNE A LA MÈRE ET A LA FILLE.

C'est la Liberté que je chante,
Tyrans, tombez à ses genoux,
Admirez sa grace touchante;
Peuples, à son nom levez-vous !
Il n'est point de bonheur sans elle,
Point de gaîté, point de repos;
Sans elle, hélas ! tous les fléaux
Accablent la race mortelle.
La Liberté ! la Liberté !
Règne sur mon cœur enchanté.

La Liberté par sa présence,
Réveille, enflamme les esprits;
C'est elle qui de la vaillance
Aux héros décerne le prix :
Elle fit l'honneur de la Grèce,
Des vieux Romains tous les succès;
Elle conduira les Français
Dans le temple de la Sagesse.
La Liberté ! la Liberté !
Règne sur mon cœur enchanté.

L'Egalité n'est pas moins belle,
De l'homme elle établit les droits;
Voyez sa balance immortelle,
Peser les peuples et les rois.
Graces à son pouvoir magique,
Les despotes sont détrônés,
Et tous les monstres couronnés
Tombent devant la République.
La Liberté ! l'Egalité !
Règnent sur mon cœur enchanté.

    Que dis-je ? Egalité charmante !
Toi, dont j'adore les appas,
Sans toi, sans ta vertu puissante,
La Liberté ne seroit pas.
Toutes deux vous savez me plaire,
Et sans vouloir vous séparer,
J'aime, il faut vous le déclarer,
Autant la fille que la mère.
La Liberté ! l'Egalité !
Règnent sur mon cœur enchanté.

---

30   Frimaire.

PORTRAIT DE LA RÉPUBLIQUE.

Elle ne connoît que la loi
    Pour maîtresse et pour reine ;
Le peuple par elle est un roi,
    Par elle il rompt sa chaîne ;

Elle brise tous les anneaux
    Des pouvoirs arbitraires;
Par elle rendus tous égaux,
    Les citoyens sont frères.

Elle rejette de son sein
    L'insolent royaliste,
Elle voit d'un œil de dédain
    Le superbe égoïste;
Elle détruit tous les abus,
    Et ses décrets sublimes,
Décernent un prix aux vertus
    Et punissent les crimes.

Pour résister au fier courroux
    Des tyrans qu'on renomme,
Elle veut qu'au salut de tous
    Cède celui d'un homme :
Elle couronne de lauriers
    Son disciple fidèle,
Et le triomphe des guerriers
    Est de mourir pour elle.

Ce n'est point la richesse et l'or
    Qui fondent sa puissance,
Elle a pour unique trésor
    La douce indépendance :
Elle hait les mets superflus,
    Et sagement préfère
L'humble repas de Curius
    Aux festins de Tibère.

Elle n'a point l'ambition
D'une injuste victoire;
C'est la concorde et l'union
Qui font toute sa gloire.
Aimez-vous des oiseaux divers
La touchante musique?
Tout est d'accord dans leurs concerts,
Voilà la République.

---

10 Nivôse.

HYMNE A LA GLOIRE

ET A L'IMMORTALITÉ.

IMMORTALITÉ, Gloire, assises près des trônes,
Vous voyez les tyrans implorer vos faveurs;
De votre éclat, par fois, vous ornez leurs couronnes;
Mais vos bienfaits sont des rigueurs.

Le chardon, l'aconit et les cyprès funèbres,
De ces fléaux du monde ombragent les autels;
Ils poursuivent la gloire, elle les rend célèbres,
Mais par la haine des mortels.

La gloire n'appartient qu'à l'homme de courage,
Qui brave des tyrans les nombreux échafauds;
Semblable au pavillon, seul reste du naufrage,
Sa vertu flotte sur les eaux.

Voyez-vous ce géant à la tête difforme,
Que soutient avec peine un socle chancelant?
Sur lui souffle Borée, et la statue énorme
    Tombe sous son poids accablant.

Dans Byzance et dans Rome ainsi périt la gloire
De ces soldats heureux qu'on nommoit empereurs,
Ainsi tombent les noms qu'au temple de Mémoire,
    A gravés la main des flatteurs.

La gloire véritable est telle qu'un vieux hêtre
Qui couvre un sol fécond de ses vastes rameaux :
La fausse est une fleur qui s'empresse de naître,
    Et de mourir sur les tombeaux.

Si l'une te conduit au fond du précipice,
Semblable aux feux trompeurs qu'allume un soir d'été ;
Mortel, l'autre à tes vœux divinité propice,
    Te mène à l'immortalité.

Caméléon léger, la gloire vaine et folle,
Se repaît d'air, de vent, d'hommages superflus :
Sa rivale abjurant tout aliment frivole,
    Ne se nourrit que de vertus.

C'est toi que j'en atteste, illustre Thémistocle,
Esclave des plaisirs et du dieu des amans ;
Aux festins, dans les bals, au temple de Sophocle,
    Tu passois tes jeunes momens.

Tu vivois au milieu de la plus folle ivresse :
Miltiade triomphe aux champs de Marathon :
L'ami des voluptés les fuit pour la sagesse,
    Et devient un autre Platon.

Qu'ai-je dit ? La Patrie est sa déesse unique,
De la solide gloire elle ouvre les sentiers ;
Il se rend digne d'elle, et pour la République
  Sa main veut cueillir des lauriers.

Le triomphe éclatant d'un héros qu'il révère,
Apparoît à ses yeux dans l'ombre de la nuit ;
Il apperçoit toujours cette image prospère ;
  Par-tout Marathon le poursuit.

Du superbe Persan méditant la ruine,
Il s'arme, il va combattre, il est victorieux ;
Marathon qu'il admire enfante Salamine,
  Et le peuple rend grace aux dieux.

La calomnie affreuse est l'hydre des grands hommes ;
C'est elle qui dévore et leurs jours et leurs noms ;
Par-tout elle se glisse ; et tous tant que nous sommes,
  Nous devons craindre ses poisons.

Thémistocle accusé par sa langue cruelle
Se soumet à la loi qui vient de le bannir ;
Et ce héros, toujours à la Grèce fidèle,
  Meurt plutôt que de la trahir.

Les voilà, les amans de la solide gloire !
Au milieu des clameurs d'un peuple d'ennemis,
Ils marchent précédés du cri de la victoire,
  Heureux de sauver leur pays.

Des honneurs qu'on décerne aux vainqueurs olympiques,
Ils sont loin d'envier le fastueux éclat ;
Et ne veulent pour prix de leurs exploits civiques
  Qu'être nommés dans le sénat.

Oui, mes concitoyens, l'aimable modestie,
De la Gloire toujours a précédé les pas :
Ainsi par une sœur, une sœur embellie,
        S'enrichit de nouveaux appas.

Au plus sage des Grecs, Platon veut rendre hommage ;
Dans un écrit sublime il le peint trait pour trait :
Le modeste Socrate admire cette image,
        Mais il n'y voit point son portrait.

Comme l'ombre par-tout empreinte sur le sable,
Poursuit le voyageur de fatigue abattu ;
En dépit d'elle, ainsi la gloire véritable,
        Suit tous les pas de la vertu.

Fuis la Gloire, mortel, elle suivra tes traces ;
Mais elle te fuira si tu la suis toujours ;
Elle est à la vertu ce que sont les trois Graces
        A la déesse des Amours.

La Gloire, toutefois, sensible autant que fière,
Dans le sang innocent ne plonge point ses mains ;
Elle ne veut atteindre au bout de sa carrière,
        Que pour le bonheur des humains.

Thèbes qui si long-temps vit fleurir son empire,
Pleure sur les malheurs où le sort la réduit ;
Et j'aime mieux Phriné qui veut la reconstruire,
        Qu'Alexandre qui la détruit.

Alexandre, César, redoutez l'anathême
Que prépare le monde à vos fausses vertus.
Il est venu ; le temps où votre orgueil extrême,
        N'auroit trouvé que des Brutus.

Voyez ce ver impur, né d'un arbre superbe,
Qui toujours le rongeant le flétrit sans retour.
Votre sort est le même, enseveli sous l'herbe,
    Un ver vous ronge nuit et jour.

O Gloire véritable! Immortalité sainte!
Préservez mon pays de semblables malheurs;
Du Sénat des Français gardez toujours l'enceinte,
    Régnez-y toujours sur les cœurs.

---

20 Nivôse.

HYMNE A L'INNOCENCE.

QUEL mortel pourra jamais peindre
L'Innocence au front gracieux?
Qui la fera parler aux yeux
Le langage enchanteur que l'art ne peut atteindre?
    Je veux envain la définir:
La fleur se soutient mieux sur sa tige légère,
L'inconstant papillon sur un brin de fougère,
    Un souffle, un rien peut la ternir.

    Jamais elle ne cherche à plaire,
    Que dis-je?... elle n'y songe pas.
    Sans crainte elle suit pas à pas
La main qui la conduit, le flambeau qui l'éclaire;
    Tous les détours sont superflus
Pour jeter dans son cœur d'amoureuses alarmes,
Elle ignore ses droits, elle ignore ses charmes:
    Se connoît-elle? elle n'est plus.

L'hypocrisie au regard louche
Jamais n'approche de son cœur ;
Le sourire de la candeur
Sans effort, sans contrainte épanouit sa bouche.
Quand le mensonge est en crédit,
Elle offre à tous les yeux son ame toute nue.
L'auguste vérité vous est-elle connue ?
Elle répond : C'est ce qu'on dit.

Sans craindre de la mettre en fuite
Le vice heureux peut l'approcher,
Ne sachant que lui reprocher
De ses adorateurs elle augmente la suite.
Le subtil venin qu'il répand,
Sans infecter son cœur pénètre son oreille ;
Tel autour du berceau d'un enfant qui sommeille
Erre un effroyable serpent.

Au-dessus de la vertu même
L'Innocence peut se placer ;
Le ciel pour la récompenser
Lui décerne des dieux le brillant diadême.
Pour ne pas tomber dans l'erreur
Elle n'a pas besoin d'invoquer la prudence ;
Elle ne prévoit rien, ce n'est plus l'Innocence
Dès qu'elle connoît la pudeur.

3o Nivôse.

HYMNE A LA PUDEUR.

L'INNOCENCE n'a point d'attraits
Qu'ingénument elle n'expose;
La Pudeur rougit, et ses traits
S'entourent d'un voile de rose:
L'Innocence aime le grand jour,
La Pudeur en est éblouie;
L'Innocence ignore l'amour,
    La Pudeur s'en défie.

Que je plains ton égarement,
Toi, républicaine adorable;
Que ton époux, que ton amant
Trouve à tous ses vœux favorable.
Le cœur n'est-il pas enchanté
D'un léger retard qu'il endure ?...
Pudeur, tu sers à la beauté
    De voile et de parure.

Pudeur, tu n'as jamais recours
A l'art trompeur d'une coquette;
Des roses forment tes atours,
L'onde est ton miroir de toilette.
Qu'elle plaise par mille efforts,
La coquette digne de blâme,
L'extrême parure du corps
    Peint la laideur de l'ame.

Sans les mœurs, dans tous les climats,
Le peuple n'eût-il point de maître ?
L'un sur l'autre on voit les états
Tomber, périr, et disparoître.
Que le cercle de nos succès,
Par toi, Pudeur, se développe ;
Donne pour femme à tout Français,
Alceste ou Pénélope.

10 Pluviôse.

H Y M N E A L A V É R I T E.

O TOI que tout despote abhorre,
Tendre et sublime Vérité !
Accours à ma voix qui t'implore ;
Je veux marcher à ta clarté,
Toi seule de la race humaine,
Tu dois diriger les esprits,
Accours, je serai ton Pâris,
Et j'enleverai mon Hélène.

Et toi, fontaine d'Acadine (1),
Si célèbre dans les vieux temps,

(1) Cette fontaine étoit située en Sicile, proche le lac de Délos. Ceux qui vouloient connoître la vérité, écrivoient les sermens sur des tablettes ; et les jetoient dans son onde ; si les sermens étoient faux, elles alloient à fond ; s'ils étoient vrais, elles surnageoient.

Au fond de ta source argentine
Tomboient, dit-on, les faux sermens.
Oh! quand viendront les jours prospères,
Les jours de gloire et de repos,
Où toujours portés sur les eaux
Flotteront les sermens sincères !

Elle paroît... Quelle allégresse
Pour mon cœur de crainte abattu !
Elle est fille de la Sagesse,
Elle est mère de la Vertu.
Elle vient comme au temps de Rhée,
Tout animer, tout embellir,
Les rois ne peuvent la souffrir,
Mais du peuple elle est adorée.

O des talens source première,
Préside seule à mes écrits !
Ceux que fatiguoit ta lumière,
T'avoient cachée au fond d'un puits,
C'est un piége que leur malice
Tendoit à ta simplicité :
Pour connoître la vérité
Il suffit d'aimer la justice.

20 Pluviôse.

HYMNE A LA JUSTICE.

JUSTICE, reine des Vertus,
Sois désormais reine du monde,
Parois : aux mortels corrompus
Inspire une terreur profonde;
Deviens pour nous l'astre du jour.
Dans les cieux est-il de retour?
Soudain pâlissent les étoiles,
La nuit et sa lugubre cour
Se hâtent de plier leurs voiles.

Divinité, sois parmi nous
L'astre des vertus populaires:
Qu'ils expirent à tes genoux
Des rois les suppôts sanguinaires!
Dans nos vergers aimés des cieux,
Comme un torrent séditieux,
Vois-tu leur troupe qui s'élance?
Fais briller ton glaive à leurs yeux
Et cache un moment ta balance.

Tel fut l'héroïsme autrefois
De ce vertueux Spartiate,
Dont l'ame, par amour des lois,
S'enorgueillissoit d'être ingrate;

F

Par le peuple aux charges admis
Il lui dit : Je n'ai plus d'amis,
Et la patrie est mon idole ;
Quiconque aura blessé Thémis,
Fût-il mon frère, je l'immole.

Et toi, Peuple Éthiopien,
Reçois aussi mon tendre hommage ;
Les deux rivaux, le tien, le mien,
Ne semoient point ton héritage :
Libre en tes vœux, libre en ton choix,
Tu suivois doucement les lois
Que la nature avoit prescrites ;
Tu n'avois ni prêtres, ni rois,
Et tes champs étoient sans limites.

Le destin rouloit dans la paix ;
Ta vie exempte d'imposture,
Comme on voit sur des gazons frais
Couler une onde claire et pure :
Qui te donna ces jours heureux ?
Peuple sensible et généreux,
De le savoir il est facile :
Ton cœur sans efforts rigoureux
A la Justice étoit docile.

République dont les Français
Viennent d'établir l'édifice,
Marche de succès en succès
Comme fille de la Justice ;
Elle veille sur mon pays.

Ses préceptes clairs et concis
Vont désormais régir la France ;
O République ! tu naquis
Sous le signe de la Balance (1).

3o Pluviôse.

HYMNE A LA CLÉMENCE.

Tu n'es point la vertu qu'aiment les républiques :
Dans leur aspérité , les cœurs démocratiques
Encensent rarement tes célestes appas ;
Perdant le souvenir du bienfait de la veille ,
O Clémence ! à ta voix ils n'ouvrent point l'oreille.
Si les rois sont cruels, les peuples sont ingrats.

La France toutefois, à la terreur soumise ,
A trop vu de son joug la nation éprise :
Il est passé le temps de la sévérité !
Il faut de mon pays que l'horizon s'épure ,
Qu'à la clarté du jour cède la nuit obscure ,
Et que la loi s'entende avec l'humanité.

Contemplez le lion dans le champ du carnage ;
Lorsqu'il a triomphé, le voit-on dans sa rage

---

(1) La République française a été décrétée le 21 septembre ,
au moment où le Soleil est dans le signe de la Balance.

Attaquer l'ennemi sous ses coups abattu ?
Il le livre à la honte ; et fier de sa victoire,
Par là férocité loin de souiller sa gloire,
D'un héros qui pardonne il montre la vertu.

   Français, peuple lion, imite cet exemple :
Jadis à la Clémence on élevoit un temple ;
Le temps le détruisit, qu'il revive en ton cœur.
Auguste fut clément, et tu craindrois de l'être !
Français, de l'univers tu t'es rendu le maître,
Et dans tes passions tu trouves un vainqueur.

   Parmi tous les mortels dont les têtes frappées,
Au glaive de la loi ne sont point échappées,
On n'a que trop compté d'illustres malheureux !
De leurs foibles enfans tu n'as plus rien à craindre ;
Ils sont vaincus : l'honneur t'ordonne de les plaindre ;
Il faut que le plus fort soit le plus généreux.

   Dracon a dit en vain à l'équité sévère :
Je ne connois que toi, c'est toi que je revère ;
Qui viole tes loix est un monstre odieux.
Ne pardonner jamais ! ô barbare démence !
Si j'aime l'équité, j'aime plus la Clémence ;
L'humble mortel par elle est mis au rang des dieux.

10 Ventôse.

HYMNE A JEAN-JACQUES ROUSSEAU.

Quelle main a coupé la trame de ta vie ?
Si le sort étoit juste, elle eût duré toujours.
Qu'un tyran meure jeune ; il faut que le génie
      Par ses bienfaits compte ses jours.

  Tu la verrois du moins la fête solennelle,
Qu'aujourd'hui te prépare un peuple ami des loix,
Et tu verrois tomber dans la nuit éternelle
      L'odieux souvenir des rois.

  Quel autre plus que toi mérite qu'on l'honore ?
Par toi la tyrannie est plongée au tombeau ;
Et de la liberté qu'en tous lieux on adore,
      Par toi la France est le berceau.

  C'est toi qui, du bonheur, à l'homme ouvris la route ;
L'homme, dans tes écrits, puisa la vérité :
Vieillard, tu l'affranchis des ténèbres du doute ;
      Enfant, il te dut la santé.

  La compagne de l'homme imploroit un modèle :
Tu parles, et Sophie est formée à ta voix ;
L'épouse devient sage, à ses devoirs fidelle ;
      La mère a repris tous ses droits.

Les cruels ennemis du pouvoir populaire,
Aux marches de leur trône enchaînoient sa fierté;
Le contrat social fut la pierre angulaire
    Du temple de la Liberté.

Qui lira tes écrits sans en être idolâtre?
L'homme à l'homme insultoit par les titres, les rangs;
Ta main le délivra des fers d'une marâtre
    Et de la chaîne des tyrans.

Il s'éleve souvent des feux illégitimes
Dans le cœur d'un mortel par l'amour abattu;
Et cette passion, source de tant de crimes,
    Par toi fut changée en vertu.

Vous dont les yeux baissés, de larmes sont humides
Quand Julie et Saint-Preux s'écrivent tour-à-tour,
Ne vous lassez jamais de les prendre pour guides,
    Ils ont sanctifié l'amour.

Ces amans vertueux, dignes de vos hommages,
Passeront l'un et l'autre à la postérité......
Il te manquoit, Rousseau, pour prix de tant d'ouvrages
    L'honneur d'être persécuté.

Tu le fus, et ton sort doit exciter l'envie;
A celui d'Aristide il est assimilé :
Tu venois comme lui d'éclairer ta patrie,
    Comme lui tu fus exilé.

Tu vécus dans un siècle où régnoit le mensonge,
Où la corruption gangrénoit tous les cœurs,
Et jamais ton esprit ne fut dupe du songe,
    Enfant du vice et des erreurs.

Quel art employas-tu dans tes œuvres sublimes,
Pour n'offenser jamais l'auguste vérité, .
Et pour faire sortir les vertus magnanimes
Du sein de la perversité ?

L'astre du jour ainsi dans une terre immonde,
Fait éclore les fleurs et les fruits les plus doux ;
Ainsi quand les autans ont bouleversé l'onde,
Le calme naît de leur courroux.

Mais que vois-je ?.... un ami vient t'offrir un asyle
Où bientôt la douleur te porte un coup mortel :
La dépouille d'un sage honore Ermenonville,
Ermenonville a son autel.

---

20 Ventôse.

A LA FRUGALITÉ.

Qu'il est heureux, l'agriculteur,
Qui voit, sur sa table champêtre,
Les fruits que son travail fit naître,
Et se nourrit de son labeur !
Sa main, sagement indigente,
Rejette l'or de Lucullus,
Et laisse les mets superflus
Couvrir les tables d'Agrigente.

C'est à toi qu'il doit ce bonheur,
Frugalité, vertu modeste ;

De la santé mère céleste,
Et compagne de la candeur.
La Maladie, au front sinistre,
Grace à toi, respecte nos jours,
Et nous n'avons jamais recours
A Galien, son noir ministre.

Rappelle - toi les vieux Romains :
Quand des loix saintes et propices,
Du luxe et des molles délices
Leur fermèrent tous les chemins,
Alors tu gardois leurs portiques,
Divinité de nos aïeux :
Le luxe fascina leurs yeux,
Et corrompit leurs mœurs antiques.

Tu les quittas ; sous tes drapeaux
Ils avoient subjugué Carthage ;
De cent rois le vil héritage
Les livre aux plus mortels fléaux.
L'empire tombe aux mains d'Octave,
Qui répand l'or à pleines mains :
Dans Rome il n'est plus de Romains ;
Le peuple roi devient esclave.

Préserve - nous de ces malheurs,
Frugalité que je révère ;
Ton règne, quoiqu'un peu sévère,
Est la sauve - garde des mœurs.
Les vieux Romains, par leur courage,
Devinrent libres et fameux :
Sachons être sobres comme eux,
Comme eux nous dompterons Carthage.

3o Ventôse.

A L'ENFANCE.

Enfance, âge de la candeur,
Il est temps d'essuyer tes larmes :
Ma muse, organe du bonheur,
S'apprête à calmer tes alarmes ;
Elle va, dans un doux tableau,
Promener ton ame attendrie,
De la tourmente du berceau
A la tourmente de la vie.

Le mortel à peine étoit né,
Que, mis au rang des vils esclaves,
Il gémissoit, environné
Des plus ridicules entraves.
Un philosophe vertueux,
De ces liens t'a délivrée ;
Il brisa le sceptre hideux
De la sottise invétérée.

C'étoit peu qu'un pareil succès
Pour un peuple ennemi des trônes :
Graces aux Sénateurs Français,
Les rois ont perdu leurs couronnes.

Souriez, aimables enfans,
A des loix qui vous sont propices ;
Vous ne craindrez plus les tyrans,
Vous ne craindrez plus les nourrices.

Quel étoit jadis le destin
De l'enfant qui venoit de naître ?
Il ne pouvoit presser le sein
De celle qui lui donna l'être.
Enfant, cours embrasser l'autel
Où Rousseau maintenant repose ;
C'est lui qui, du lait maternel,
Inonda tes lèvres de rose.

Nous avons abattu les rois,
Et tous leurs suppôts sanguinaires.
Croissez, enfans, de sages lois
Vous annoncent des jours prospères.
Sous l'arbre de la liberté,
Croissez, race paisible et sage ;
Ce sont nos mains qui l'ont planté,
Vous jouirez de son ombrage.

10 Germinal.

FÊTE DE LA JEUNESSE.

Sur une rive assez lointaine,
Dans le pays oriental,
Il est, dit-on, une fontaine
Aussi pure que le cristal.

L'hiver, elle fond la barrière
Dont l'environnent les glaçons ;
Et, par une loi singulière,
Elle est fraîche au temps des moissons.

Ondes que l'on nomme Thermales,
Que prônent les docteurs en *us*,
Vous croyez être ses rivales,
Mais vous n'avez point ses vertus.

Là, des infirmes de tout âge,
A longs traits boivent la santé,
Foulant aux pieds le caquetage
Du médecin le plus vanté.

Malgré les ans qui l'engourdissent,
Le vieillard y perd sa langueur :
De ses beaux jours, qui refleurissent,
Il y retrouve la vigueur.

Voyant son front exempt de rides,
Qui la mettoient au désespoir,
La coquette, aux yeux homicides,
Remercie un si doux miroir.

C'est la fontaine de Jouvence
Que viennent de peindre mes vers.
Là, dit-on, belle adolescence,
Tu régénères l'univers.

Déesse, ma muse les nie
Tous ces prodiges éclatans.
La vieillesse n'est rajeunie
Que par les vertus du Printemps.

Le mortel qui, dans sa carrière,
N'a que peu de soleils à voir;
Ne regarde point en arrière,
S'il a toujours fait son devoir.

20 Germinal.

A L'AGE VIRIL.

L<small>E</small> Créateur, avec amour
A bien traité la créature,
Disoit l'âge viril un jour;
Je suis le roi de la nature.

J'ai la force et la majesté;
A remplir mes vœux tout conspire:
A l'homme, en sa maturité,
Qui pourroit disputer l'empire?

Age viril, détrompe-toi:
La force est un foible avantage;
C'est la vertu qui fait la loi,
Qui seule est l'idole du sage.

Ton orgueil, par ces vains transports,
Va s'attirer un juste blâme:
Qu'importe la force du corps,
Si l'on n'a point celle de l'ame?

Cette force qui te séduit,
Ne suspend point ta dernière heure;
Un grain de sable la détruit,
La sagesse toujours demeure.

A t'entendre ainsi pérorer,
C'est Milon le Crotoniate
Que, sur l'heure, il faut préférer
Au sage et vertueux Socrate.

Tu reçus en effet des dieux
Un front qui noblement s'élève ·
Jusques dans la voûte des cieux;
Et l'homme est leur plus cher élève.

Mais qu'importe tant de beauté,
Pour être leur vivante image?
Ta force ni ta majesté
N'obtiendront jamais mon hommage.

Homme, dans ta belle saison,
Quel que soit le sort qui te berce,
Tu n'es fort que par la raison,
Sans elle un souffle te renverse.

3o Germinal.

A L'HÉROÏSME.

Muse de Pindare et d'Horace,
Viens m'inspirer le doux transport
Qui fait triompher de la mort
Les chantres qui suivoient leur trace,

De l'héroïsme courageux,
Calme sous un ciel orageux,
Je veux peindre le caractère;
Prompt moi-même à les honorer,
Je veux présenter à la terre
Les dieux qu'elle doit adorer.

Héros fabuleux de la Grèce,
Qui du monde fûtes l'amour,
Ce n'est pas vous qui, dans ce jour,
Allumerez ma sainte ivresse.
D'Hercule et de Pirithoüs,
Un voile couvrant les vertus,
A rendu leur gloire douteuse:
L'histoire m'offre son flambeau,
C'est à sa clarté lumineuse.
Que je vais tracer mon tableau.

Brutus est vaincu par Octave;
Il tombe avec la liberté;
Mais, sous un joug peu mérité,
Loin d'abaisser un front esclave,
Citoyens, calmez vos douleurs,
Dit-il à ses amis en pleurs,
Ce n'est pas nous que l'on doit plaindre,
Octave, maître du pouvoir,
Pour la patrie est seul à craindre;
Nous avons fait notre devoir.

Debout, avec toute ma gloire,
Je sers d'exemple à l'univers;
Je suis plus grand dans mes revers
Qu'Octave au sein de la victoire.

Ennemi des rois et des grands,
J'ai voulu, du joug des tyrans,
Délivrer ma chère patrie:
Le sort a trompé mes desseins;
Mais je brave encor leur furie,
Sûr d'être estimé des Romains.

Ils sont tout fiers de leur conquête:
Amis, n'en soyez point jaloux;
Ce qu'on dira d'eux et de nous
Vengera bien notre défaite.
On dira qu'ils furent cruels;
Qu'armés de glaives criminels,
Ils ont fondé la tyrannie.
On dira: Brutus et les siens,
Voyant l'égalité bannie,
Sont morts en dignes citoyens.

Il dit : et prévenant la rage
De ses implacables bourreaux,
Il se frappe et meurt en héros
Qui doit sa gloire à son courage.
Citoyens, voilà les mortels
Qui sont dignes de vos autels;
Dignes que votre œil les contemple :
Et toi, qui règnes sur leur cœur,
Héroïsme, ouvre-leur le temple
Où siégent tes adorateurs.

10 Floréal.

FÊTE DES ÉPOUX.

QUE ce jour est brillant et doux !
De quel éclat il étincelle !
Peuple, à la Fête des Époux
C'est Floréal qui vous appelle.
L'hymen rapproche tous les cœurs ;
Par lui tout s'anime et respire ;
C'est lui qui fait fleurir les mœurs,
Il est le soutien d'un empire.

Pères des soldats courageux,
Morts pour défendre la patrie,
Vous qui, sous un ciel orageux,
Avez vu terminer leur vie,
Sur vos fronts, au défaut des leurs,
Qu'à fleurir ce laurier s'empresse ;
Ils sont l'objet de nos douleurs,
Soyez-le de notre alégresse.

Pourquoi vous cacher à nos yeux,
Vous, amans de l'agriculture ;
Vous, dont les soins laborieux,
Rendent féconde la nature,

Approchez, venez recevoir
Le prix de tant de sacrifices;
C'est un plaisir, c'est un devoir
Que de payer vos longs services.

Sages auteurs, grands magistrats,
Qui du temps bravez les ténèbres;
Qui répandez sur les états
La splendeur de vos noms célèbres,
Le ciel vous voit, avec amour,
Suivre une carrière infinie;
Venez cueillir à votre tour
La palme qu'on doit au génie.

Est-il un plus touchant tableau
Que celui d'un doux mariage,
Et dont le nuptial anneau
Devient le respectable gage?
L'époux expire consolé
Au sein d'une famille unie;
Au célibataire isolé
Quel mortel peut porter envie?

Aux lueurs d'un pâle flambeau,
Voyez ses héritiers avides
Le suivre aux portes du tombeau,
Armés de regards parricides;
Seul, au milieu du genre humain,
Et prêt à finir sa carrière,
Il ne trouve pas une main
Qui daigne fermer sa paupière.

20 Floréal.

AU STOÏCISME.

Dieu des Catons et des Brutus,
Stoïcisme, fier et sévère,
Père des antiques vertus,
Qu'aujourd'hui la France révère;
Sensible à tes mâles attraits,
Ma muse, pour peindre tes traits,
N'invoquera point le Parnasse.
Loin de moi tous les faux portraits
Dont le monde admire la grace.

Ce fut le vertueux Zénon
Qui, le premier, te fit connoître:
Quel philosophe, à ce grand nom,
Ne se rappelle point son maître?
Zénon, au caprice de l'eau,
Avoit, sur un léger vaisseau,
Confié toute sa fortune:
Mer, tu lui servis de tombeau,
Au gré de l'avare Neptune.

Heureux naufrage, sois béni;
Zénon, en perdant sa richesse,

D'un peu d'ambition puni,
Parvint à l'extrême sagesse.
Je crois le voir contre les flots,
Suivi de pâles matelots,
Lutter long-temps avec courage.
Qu'ils sont doux les jours de repos
Qui succèdent aux jours d'orage !

Zénon, à Neptune échappé,
Cherche un abri sous le Portique :
Par lui-même développé,
Son système éclaire l'Attique :
L'homme, dit-il, né malheureux,
Voit toujours, d'un sort rigoureux,
Sur son front s'aggraver les marques ;
Ses jours, tristes et douloureux,
Fatiguent les ciseaux des Parques.

Les pleurs qu'il répand au berceau,
De sa vie inondent l'aurore ;
Le malheur le suit au tombeau,
Et ses larmes coulent encore.
Pour combattre l'adversité,
Veut-il, avec célérité,
Trouver la route la plus sûre ?
Qu'il soit fort par sa volonté,
S'il est foible par sa nature.

Sur une ame toute d'airain,
Qu'appuyant un corps tout d'argile,
Il n'oppose plus au chagrin
Le boulevard le plus fragile.

G 2

Sans se plaindre, sans murmurer,
Qu'il apprenne à tout endurer,
L'exil, les fers et la mort même :
Que, peu content de le pleurer,
Son vil bourreau l'admire et l'aime.

Comme l'iris a ses couleurs,
Comme la mer a ses orages,
Le monde, hélas ! a ses douleurs,
Qui domptent les plus fiers courages :
Il faut savoir les supporter ;
Il faut avec calme affronter
De la mort, les hideux ministres :
Le sage ainsi fait avorter
Des méchans les complots sinistres.

Zénon se tait ; mais quels secours
A dû puiser la Grèce entière,
Dans ses écrits, dans ses discours,
Où brille une sage lumière ?
Le Stoïcisme, grace à lui,
Aux malheureux servant d'appui,
Fortifie autant qu'il éclaire ;
Et son flambeau, même aujourd'hui,
Peut servir de guide au vulgaire.

Stoïcisme, effroi des tyrans,
Qui pourroit nombrer tes services ?
Tu mets de niveau tous les rangs,
Et tu fais pâlir tous les vices.
Grace à toi, voisin du trépas,

Théramène (1) au beau Critias
Envoie un salut ironique,
Et marche à la mort à grands pas
Pour fuir un tribunal inique.

Puissent, formés par tes leçons,
Les enfans de la République,
Surpasser tous les nourrissons
Et du Lycée et du Portique!
Aiñsi nos guerriers, sans effort,
Bravant la douleur et la mort,
Seront dignes de la patrie;
Et le souvenir de leur sort
Vivra dans notre ame attendrie.

Français, mon souhait n'est point vain;
Déjà votre gloire commence,
Au milieu d'un siége inhumain
Lille a fait revivre Numance (2).
Vos soldats, jaloux de vos droits,
Ont étonné, par leurs exploits,
Les Alpes et les Pyrénées;
Et, pour marcher contre les rois,
Vous n'attendez pas les années.

------

(1) Théramène fut condamné à mort par les trente tyrans.
Lorsqu'on vint lui apporter de la ciguë dans la prison, il en
jeta les dernières gouttes à terre, en disant: *Au beau Critias*,
l'un de ses juges, et son plus mortel ennemi.

(2) On sait qu'au siége de Numance les habitans de cette
ville montrèrent le plus grand courage, et tinrent tête aux
Romains jusqu'à la dernière extrémité.

3o Floréal.

HYMNE A L'ADVERSITÉ.

CHAQUE jour on se plaint de toi,
  On te maudit sans cesse,
Ton nom seul inspire l'effroi
  Et glace de tristesse.
Ce reproche est injurieux,
  Sur l'erreur il se fonde,
Et le malheur est à mes yeux
  Le bienfaiteur du monde.

C'est au séjour de la grandeur
  Que la bonté s'altère,
La richesse endurcit le cœur,
  Le rend froid et sévère.
Oui, le riche, d'un air hautain,
  Insulte à la misère;
Le pauvre, au pauvre tend la main,
  Et tout homme est son frère.

L'amant que traite avec bonté
  La bizarre fortune,
Voltige avec légèreté
  De la blonde à la brune.

Est-il opprimé? tous ses feux
    Renaissent de leur cendre :
Le mortel le plus malheureux
    Est encor le plus tendre.

C'est pour lui que dans les forêts
    Soupire Philomèle;
Pour lui que s'exhale en regrets
    L'aimable tourterelle :
Pour lui du zéphyr embaumé
    Plus doux est le murmure;
Pour lui tout est plus animé
    Dans toute la nature.

Le bonheur ignora toujours
    Ces tendres rêveries
Que fait éclorre dans son cours
    Le ruisseau des prairies.
Le malheur jouit des instans
    Que perd l'ame stupide;
Le malheur, des ailes du temps
    Tranche la plus rapide.

Heureux, connûtes-vous jamais
    Le plaisir de l'attente;
Plaisir si doux, si plein d'attraits
    Pour l'ame impatiente?
Non, non, et tout cœur généreux
    Plaint votre destinée;
Ce n'est que pour les malheureux
    Que l'espérance est née.

10 Prairial.

FÊTE DE LA RECONNOISSANCE.

On m'ordonne de te chanter,
Adorable Reconnoissance;
Pourrois-tu ne pas m'enchanter?
Tu présidas à ma naissance.

A peine un doux bégayement
Dénoua ma langue sincère;
Ma bouche, avec ravissement,
Prononça le nom de ma mère.

Plus un bienfaiteur fut discret,
En me prodiguant ses richesses,
Et moins je gardai le secret
De ses honorables largesses.

Mais, que dis-je?.... des bienfaiteurs!....
Il en est peu dans ce bas monde.....
Des vertus, lâches détracteurs!
C'est de vous que la terre abonde.

Vous répandez un noir poison
Sur la plus pure renommée,
Et dans son arrière-saison
Souvent elle meurt diffamée.

Socrate expira par vos coups,
Socrate, ce dieu de la terre :
J'en pourrois citer parmi nous,
Qui, tels que lui.,.... je dois me taire.

Né chez un peuple généreux
Qui sur les rois a l'avantage,
Je suis libre ; pour être heureux
Peut-on souhaiter davantage ?

---

20 Prairial.

AU PEUPLE FRANÇAIS.

A COURBER les royales têtes
Ton valeureux bras réussit ;
Peuple Français, de tes conquêtes
Ma muse te doit le récit.
Elle choisit les instans calmes
Qu'amène le jour du repos,
Et veut, sur le front des héros,
Entremêler le myrte aux palmes.

Bon Peuple Français, considère
Quel sort attend tes ennemis !
Vois le Piémontais et l'Ibère
Au fer de tes guerriers soumis.

Dugommier fait poser les armes
Au grand général Navarro (1),
Qui dit à tout : *combenido*,
Et fuit avec ses fiers gendarmes.

Les Alpes ont vu tes armées,
Triomphant des monts d'Annibal,
Chasser les troupes alarmées
Que soudoyoit un ours royal.
Ne peut-on pas dire, à ta gloire,
Que des deux bouts de l'univers
S'entendent tes soldats divers
Pour se renvoyer la victoire ?

L'Anglais, qui se croit invincible,
Nous insultoit par sa fierté ;
Mais aux Français tout est possible,
Il combat pour la liberté.
A la valeur républicaine,
L'Anglais oppose un bras peu sûr ;
Peuple, viens voir son sang impur,
De Fleurus inonder la plaine.

Où donc est la troupe aguerrie,
Prête à foudroyer nos remparts,
Et qu'armoit contre la patrie,
Lambesc, l'assassin des vieillards ?

---

(1) Voyez la capitulation signée par le général espagnol
Navarro et l'immortel général Dugommier.

Malgré tant de superbes têtes,
Nous prenons Ypre et Charleroi,
Et l'Escaut bouillonne d'effroi
Au bruit de ces grandes conquêtes.

L'orgueilleux aigle de l'Empire
N'a plus ni florins, ni ducats;
Après la victoire il soupire;
Mais pour vaincre il faut des soldats.
Du peuple en proie à la misère,
Il a révolté les esprits,
Et l'on triomphe dans Paris
Quand Ratisbonne délibère.

Peuple vaillant, Peuple sublime,
Poursuis, et bientôt nous verrons
Victor Amédée à Solime (1),
Georges aux Petites-Maisons.
Et pour mieux honorer l'idole
Si chère à ces dieux d'opéra,
A la foire on promènera
L e grand Lama du capitole.

---

(1) Le roi de Sardaigne se dit roi de Jérusalem, ou Solime ;
et les rédacteurs du Moniteur ont observé ingénieusement,
que bientôt il n'auroit plus que ce royaume pour asyle.

3o Prairial.

A NOS AÏEUX.

SALUT, ô mânes de nos pères !
Souffrez que, dans un chant nouveau,
De nos jours désormais prospères,
Je vous esquisse le tableau.
Des rois, que la honte environne,
Dans les fers vous tenoient plongés;
Nous les avons chassés du trône :
Les tyrans ne sont plus, et vous êtes vengés.

    Un prêtre-roi, qui persécute
Au nom de la divinité,
Avec terreur attend la chute
De son empire illimité.
C'est lui qui fit tomber la tête
Du vénérable Coligni;
Fier de son horrible conquête
Le monstre vit encor (1), mais son règne est fini.

---

(1) Ces vers ont été composés trois ans avant la destruction
de la papauté. D'ailleurs, ce n'est point Braschi que le poète
désigne ici, ce n'est point tel ou tel pape en particulier, mais
le pape en général.

Sur nos fronts voyez-vous paroître
La républicaine fierté ?
Ah ! que ne pouvez-vous renaître
Pour jouir de la liberté !
Que ne peut l'Achéron avare
Vous rendre un moment à nos vœux,
Ou le Dieu puissant du Ténare,
Dans toute leur splendeur vous montrer vos neveux !

C'étoit peu de briser les chaînes
Où les tyrans vous avoient mis ;
Nos soldats ont rougi les plaines
Du sang de nos vils ennemis.
Tressaillez, ombres paternelles,
Vos petits-fils sont triomphans,
Et la victoire, de ses ailes
Couvrira le berceau de vos derniers enfans.

Lorsqu'ils jouiront de leur gloire
Nous serons nous-même au tombeau ;
Mais nous vivrons dans la mémoire
De ce peuple encor tout nouveau :
Et des demeures ténébreuses
Perçant les funèbres sentiers,
Au séjour des ombres heureuses
Nous irons vous offrir nos modestes lauriers.

10 Messidor.

FÊTE DE L'AGRICULTURE.

Source de tous les biens, utile Agriculture,
Bellone a, loin de nous, dispersé tes enfans;
Dans nos champs, où languit la féconde nature,
       Flottent ses drapeaux triomphans.

Vois-tu ces toits fumans, ces campagnes désertes,
Ces décombres épars dans nos vastes cités?
Et le fier étranger qui, riche de nos pertes,
       Insulte à nos calamités?

Esclave sous nos rois, et sujette aux caprices
Des esclaves soumis à leurs desseins pervers,
La corvée enchaînoit tes mâles exercices,
       Et te chargeoit de tristes fers.

La dîme, aux doigts crochus, dévoroit ta substance:
Ennemi de tes jours, et maître du hameau,
Un pasteur prétendu, plongé dans l'abondance,
       Vivoit aux dépens du troupeau.

Combien n'as-tu pas vu, dans nos bois, dans nos plaines,
De tyrans féodaux, armés d'un droit cruel,
Sur tes foibles enfans, qu'ils accabloient de chaînes,
       Usurper le champ paternel?

Et quand leur cruauté feignant d'être assouvie,
A ton zèle, à tes soins, donnoit quelque repos;
A tes noirs oppresseurs tu prodiguois la vie
Et tu nourrissois tes bourreaux.

Tout est changé, reviens. Dans nos champs, dans nos villes
Sont tombés de tes droits les fiers usurpateurs;
Reviens, par ta présence, embellir les asyles
Des paisibles agriculteurs.

Tes enfans exilés dans leurs foyers rustiques,
Ne pouvoient autrefois siéger dans le sénat;
Ils expiroient au sein de leurs dieux domestiques,
Fuyant des cours le vain éclat.

Enfin, l'Egalité, déesse tutélaire,
Dans un plébéïen honorant les vertus,
Remet entre tes mains l'écharpe populaire
Dont se paroit Cincinnatus.

Reviens avec eux tous enrichir ta patrie,
Et rendre l'abondance à nos champs désolés:
Par Bellone en courroux, cette mère chérie
A vu tant de fils immolés.

Divine Agriculture, ainsi qu'aux bords du Tibre,
Tu seras parmi nous l'amour de tous les cœurs;
Et ton soc nourricier, sur une terre libre,
Roulera couronné de fleurs.

Viens redonner la vie aux champs de la Belgique,
Où dorment confondus les ossemens guerriers;
Et que, par tes labeurs, l'olive pacifique
S'élève à côté des lauriers.

20 Messidor.

AUX MARTYRS DE LA LIBERTÉ

Vous dont la sombre royauté
  Abhorre les images ,
O Martyrs de la liberté !
  Recevez nos hommages :
Voyez nos mains couvrir de fleurs
  Vos urnes funéraires ,
Et nos yeux arroser de pleurs
  Le tombeau de nos frères.

De l'homme en défendant les droits,
  A travers les tempêtes ,
Votre audace, au courroux des rois
  A dérobé nos têtes.
Nous vivons et vous n'êtes plus ;
  O disgrace inouie !
Mais vous régnez par vos vertus
  Sur notre ame attendrie.

Ainsi regrettant tour-à-tour
  Nos morts les plus célèbres,
Je versois des larmes d'amour
  Sur leurs urnes funèbres.

Une ombre m'apparoît soudain,
  Dont la fierté me frappe;
Et ce discours républicain
  De ses lèvres échappe:

La déesse du noir séjour
  Ne fait grace à personne;
Vois-tu sa faulx qui, chaque jour,
  Sans s'arrêter moissonne?
Un fleuve t'offre, dans ses eaux,
  De la vie une image;
Les flots sont suivis par les flots;
  Ainsi coule notre âge.

Chers amis, séchez donc vos pleurs
  Et calmez vos alarmes;
Puisque nous vivons dans vos cœurs,
  A quoi servent vos larmes?
Taisez-vous, soupirs douloureux
  D'une mère chérie.....
Ne meurt-on pas toujours heureux,
  Quand c'est pour la patrie?

3o Messidor.

LE RESPECT DES LOIX.

Age d'or si fameux, n'es-tu qu'une chimère?
Des poètes vantés, de ton règne éphémère

H

Ont vainement tracé le séduisant tableau.
Jamais tu n'existas; je vois la tromperie,
La lâche fourberie
Du monde, à son aurore assiéger le berceau.

De la propriété le démon parricide,
Arma les conquérans d'un poignard homicide;
Il leur dit : Posséder est des biens le plus doux;
Méprisez des humains la stérile tendresse,
Ce n'est que la richesse
Qui peut les faire un jour tomber à vos genoux.

Leurs soldats aussi-tôt, leurs troupes aguerries,
Promènent en tous lieux le flambeau des furies;
Je vois l'agriculteur dans les larmes plongé;
De ses fils qu'il embrasse, écrasés sur la pierre,
La mort clot la paupière,
Et pour quelques arpens le monde est ravagé.

Dracon parut alors, qui, par des loix cruelles,
Crut enchaîner des rois les fureurs criminelles;
Mais il ouvrit la route au barbare Attila.
Une loi, pour régner, ne doit être que juste :
La clémence d'Auguste
Triomphera toujours des rigueurs de Sylla.

Que j'aime mieux Solon! Ainsi que le poète,
Le grand législateur des dieux est l'interprète :
Tel qu'Homère, Solon fut inspiré par eux.
Sur le trépied sacré voyez-le, en son ivresse,
Bienfaiteur de la Grèce,
Annuler de Dracon les décrets rigoureux.

Apollon lui disoit : De l'infâme adultère,
Du rapt séditieux il faut purger la terre;
Il faut de l'homicide enchaîner les poignards;
Il faut que le commerce embrasse les deux mondes,
   Et qu'en dépit des ondes,
D'un lien fraternel s'enchaînent les beaux-arts.

Fais sur-tout respecter le malheur, la vieillesse;
Que le père d'un fils soutenant la foiblesse,
L'élève sous ses yeux comme un tendre arbrisseau;
Que le fils, à son tour, s'arme pour la défense
   D'un père dans l'enfance,
Et lui sème de fleurs la route du tombeau.

Que la cendre des morts, ainsi que leur mémoire,
Arrivent chez Pluton avec toute leur gloire :
Loin d'elles tout discours, tout bruit calomnieux !
Malheur à l'insensé dont l'orgueil sacrilège
   S'arroge un privilège
Qui blesse la nature et n'appartient qu'aux dieux.

Les dieux seuls ont le droit de juger sans entendre,
Les mortels qu'au tombeau leur ordre a fait descendre;
Ils sont les souverains des peuples et des rois.
Mais quel homme a le droit de juger son semblable,
   Quand la mort redoutable
Ravit à l'accusé l'usage de la voix?

Ce qu'ordonne le dieu, le sage l'exécute;
De l'état ébranlé, pour prévenir la chute,

Sur la base des mœurs il fonde son pouvoir.
Sans les mœurs point de loix ! nations immortelles
Que vous apprennent - elles ?
La route du bonheur est celle du devoir.

10 Thermidor.

H Y M N E A L A L I B E R T E.

O LIBERTÉ, fille des cieux,
Reine du beau siècle d'Astrée,
De ses tyrans audacieux,
Par toi la France est délivrée.
Mais il est des tyrans encor
Prêts à nous déclarer la guerre ;
Et pour revoir le siècle d'or,
Il faut les bannir de la terre.

Pour louer tes décrets amis,
Quand le Français ouvre la bouche,
Ne vois-tu pas l'Anglais soumis
Aux loix d'un léopard farouche ?
Ce monstre pourroit tôt ou tard
Ravager la terre alarmée ;
Dans la gueule du léopard
Plonge ta main d'un glaive armée.

Tout mortel est épris de toi,
Tout mortel adore tes charmes ;

Que tout mortel au nom de roi
Se lève et soudain vole aux armes.
Laisse tomber un œil d'amour
Sur Londres, Berlin, Vienne et Rome;
Ce qu'au monde est l'astre du jour,
La Liberté doit l'être à l'homme.

Jadis le riche Craterus (1),
Si j'en crois la vieille chronique,
Proposa d'amples revenus
A Diogène le cynique;
Il falloit quitter un pays
Où l'on suivoit ta loi sacrée;
Le sage, par un froid mépris,
Répond à l'offre inespérée.

Craterus, esclave d'un roi,
En portoit la honteuse marque;
Qui pourroit vivre sous sa loi
Et te quitter pour un monarque.
Grace à tes bienfaits précieux,
Paris devient une autre Athène;
O Liberté! fais qu'en tous lieux
Puisse voyager Diogène.

----

(1) Ce fait est raconté par Diogène Laërce, qui dit que ce Craterus étoit préfet d'Alexandre-le-Grand.

20 Thermidor.

A LA FOI CONJUGALE.

Une colombe sensible
Avoit perdu son époux ;
D'un chasseur l'arc invisible
L'avoit percé de ses coups.
La veuve étoit jeune et belle ;
Tous les oiseaux d'alentour
S'enflammant soudain pour elle,
Viennent lui faire la cour.

A ses yeux, de son plumage
L'un étale la couleur ;
L'autre, par son doux ramage,
Veut consoler sa douleur :
Le moineau très-peu fidèle
Lui dit : Je suis des amans
Le plus vertueux modèle ;
Croyez à mes sentimens.

Le linot, d'une ariette
Lui siffle l'air gracieux,
Air que vivement répète
Le pinson mélodieux :

Le corbeau même a l'audace
D'entonner un vieux refrain,
Et lugubrement croasse
Pour lui demander sa main.

D'innombrables volatiles
Lui gazouillent en chorus :
« Tant de pleurs sont inutiles,
» Puisque votre époux n'est plus ».
Ah ! de ma douleur mortelle
L'amour me fait une loi ;
Il n'est plus pour vous, dit-elle,
Mais il vit encor pour moi.

Foi qu'on nomme conjugale,
Malgré les cœurs corrompus,
Dans la couche nuptiale
Tu fais régner les vertus.
Et toi, colombe si tendre,
Puisse le siècle à venir,
Des mots que tu fais entendre
Garder le doux souvenir !

30 Thermidor.

A LA TENDRESSE MATERNELLE.

De la nature auteur suprême,
Que t'ai-je fait, Dieu tout-puissant,
Pour m'enlever un fils naissant,
Objet de ma tendresse extrême ?

D'une longue stérilité
Il avoit réparé la honte;
C'est moi qui l'avois allaité,
C'est toi qui dois m'en rendre compte.

D'une couronne funéraire
Qui parera mes cheveux blancs,
Et quel appui, dans mes vieux ans,
Me rendra le sort moins contraire?
Quand moi-même dans le tombeau
Je me verrai prête à descendre,
Quelle main, d'un malheur nouveau,
Préservera ma froide cendre?

Viens calmer ma douleur amère,
O mon fils! viens sécher mes pleurs;
Sous le poids affreux des malheurs,
Assez long-temps gémit ta mère.
Vœux superflus! cris impuissans!
A quoi bon percer les ténèbres?...
Peut-il entendre mes accens
Du fond des abîmes funèbres?

C'est ainsi qu'une Sunamite (1)
De son fils pleuroit le trépas;
D'une mère dans ses éclats
La douleur n'a point de limite.

_____

(1) J'ai tiré cet exemple de l'ancien testament, afin de di-
versifier les sujets; il renferme d'ailleurs une excellente mo-
rale.

Un prophète, aimé du Seigneur,
Entend ses vœux et sa prière,
Et par l'aurore du bonheur
Frappe sa mourante paupière.

S'approchant du fils, il le touche,
Il le fixe d'un œil serein;
De la main il serre sa main,
Pose la bouche sur sa bouche.
O miracle avoué des cieux!
L'enfant renaît; son œil s'arrête,
Avec un souris gracieux,
Sur sa mère et sur le prophète.

Le voyez-vous dans son ivresse,
Qu'à peine je peux concevoir,
Passer du sombre désespoir
Aux doux transports de l'alégresse?
O touchante maternité,
Quel est ton ascendant suprême?
Pour le peindre avec vérité,
Il faudroit l'éprouver soi-même.

Françaises qui versez des larmes
Sur vos fils morts au champ d'honneur,
Si quelque envoyé du Seigneur
Ne vient point calmer vos alarmes,
Ah! par d'inutiles efforts
Gardez-vous de ternir leur gloire;
Ces enfans, que vous croyez morts,
Ressusciteront dans l'histoire.

Et toi, Tendresse maternelle,
Vertu chère à l'humanité,
Entends l'aimable Liberté,
Qui cherche un abri sous ton aile.
Elle te dit qu'au bon vieux temps,
La femme aux vertus aguerrie,
Ne pleuroit jamais ses enfans
Quand ils mouroient pour la patrie.

10 Fructidor.

FÊTE DE LA VIEILLESSE.

DÉJA, sur mon front dépourvu
Des ornemens de la jeunesse,
La main de la froide vieillesse
A fait un ravage imprévu.
Trois fois quinze printemps, à peine,
Ont passé devant mes regards ;
Monté sur ses coursiers hagards,
Le temps, aux sombres bords, m'entraîne.

Mes blonds cheveux, par leur couleur,
Rivalisoient ceux de l'aurore ;
Déjà mon front en voit éclore
Qui du lys passent là blancheur.
Dans mes yeux s'éclipse la flamme
Qu'amour y faisoit resplendir ;
Et des pleurs viennent obscurcir
Ces tendres miroirs de mon âme.

Un démon se montre assidu,
Par je ne sais quel maléfice,
A sapper le frêle édifice
De mon débile individu.
Tyran, ton bras en vain m'atterre
Avant mon arrière-saison ;
Tu peux détruire la maison
Mais non pas le propriétaire.

Et toi, vieillesse, ne crois pas
Altérer mon ame tranquille ;
Au seuil de mon dernier asyle
Tu me fais marcher à grands pas,
Semblable au chantre du bocage,
Qu'un oiseleur, avant le temps,
Vient enlever au doux printemps,
Pour le plonger dans l'esclavage.

Qu'un autre redoute l'effet
De la colère qui te guide ;
Contre elle il me reste une égide ;
C'est le peu de bien que j'ai fait.
Choisi par un peuple sensible,
Pour établir la liberté,
Du despotisme, avec fierté,
J'ai bravé l'orgueil irascible.

Sur un code injuste, inhumain,
Je n'ai point fondé ma puissance ;
Et dans le sang de l'innocence
Jamais je n'ai trempé ma main.

Tels que les sénateurs de Rome ,
Lorsque de vils Catilinas
Régnoient par les assassinats,
Je proclamai les droits de l'homme.

C'est ainsi qu'un législateur ,
Eloigné du bruit et du monde ,
Charmoit sa retraite profonde
Par cet hymne consolateur.
Pouvoit-il craindre la présence
De la mort si prompte à venir ?
Il conservoit le souvenir
De son active bienfaisance.

O vieillesse ! qu'à ton aspect ,
Lorsque du bien , l'amour l'enflamme
On sent pénétrer dans son ame
Et de tendresse et de respect !
Qu'elle nous paroît vénérable
La neige de tes longs cheveux !
Que , pour toi , l'on forme de vœux !
Que ta sagesse est desirable !

Mais qu'on méprise le vieillard
Qui suit une route contraire !
C'est un enfant nonagénaire ,
Que le monde laisse à l'écart :
Pour lui tu n'es environnée
Que de soucis tumultueux ;
Qu'es-tu pour l'homme vertueux ?
Le soir d'une belle journée.

20 Fructidor.

HYMNE A LA POSTÉRITÉ.

CHÈRE postérité, que verra bientôt naître
De nos jeunes enfans le regard paternel ;
Dans ce chant véridique apprends à nous connoître,
Ma muse te l'adresse au nom de l'Eternel.

Tu sais qu'avec les dieux délibère un poète ;
Qu'assis dans leurs conseils, qu'admis dans leurs festins,
Et, qu'enivré, par choix, de leurs faveurs secrètes,
Ils ouvrent devant lui le livre des destins.

Eh bien ! ces dieux puissans vont parler par ma bouche ;
Ils vont te révéler des secrets importans.
Vois-tu le vieux Saturne, avec son air farouche,
Qui déroule à mes yeux les registres du temps ?

Prêtez, race future, une oreille attentive ;
La liberté sacrée a réclamé ses droits :
Elle a dit, et le peuple, en sa marche hâtive,
A foulé sous ses pieds la couronne des rois.

Elle a dit, et soudain, affrontant les alarmes,
Nous n'avons respiré que l'amour des combats :
L'airain se fait entendre ; on court, on vole aux armes ;
Sous le dais fastueux tremblent les potentats.

De prolonger leur règne , ils perdent l'espérance ,
Renonçant aux honneurs qu'ils ont trop attendus ;
Ils s'arment à leur tour: l'Angleterre et la France
Tiennent , de l'univers , les regards suspendus.

La France est généreuse ; aux éclats du tonnerre ,
Elle offre , avec courage , un front calme et serein :
Elle aime le grand jour ; la perfide Angleterre
Porte ses coups dans l'ombre , et retire la main.

Vingt rois , qu'elle soudoie , épousant sa querelle ,
Vendent leur sang , leur gloire au lâche Léopard :
Ils croyoient la défendre , ils sont vaincus pour elle ,
Et l'étendard français flotte de toute part.

Le voyez-vous planté d'une main aguerrie ,
Sur les monts d'Annibal étaler ses couleurs ?
Le roi Sarde en frémit , et , dans Alexandrie
Il court cacher sa honte et dévorer ses pleurs.

La victoire nous suit aux bords de la Moselle ;
Sur les rives du Rhin elle nous suit encor :
Des fiers républicains rien n'arrête le zèle ;
Et le fer , en tout temps , a triomphé de l'or.

La superstition , qui te rendit esclave ,
Sur tes foibles esprits régnera donc toujours !
Peuple de l'Ibérie , et toi , peuple Batave !
Voyez luire tous deux l'aurore des beaux jours.

Le Français , du bonheur vous apporte le gage ;
Vient-il vous subjuguer ? non , mais vous affranchir.
Voulez-vous voir cesser votre double esclavage ?
Devant la loi qu'il aime il est temps de fléchir.

Cette loi, des tyrans a renversé le trône,
Fille de la nature et de l'égalité ;
Le respect l'accompagne, et l'amour l'environne ;
Elle a, chez les humains, fondé la liberté.

Mais pour les obtenir, ces brillantes conquêtes,
Qu'il a fallu verser et de sang et de pleurs !
Sous le fer de la loi qu'il est tombé de têtes !
Et que de fronts encor voilés par les douleurs !

Quel horrible carnage a fondé notre gloire !
Quel deuil de tous côtés, et que de noirs tombeaux !
Vois la Seine et le Var, et le Rhône et la Loire,
Des cadavres flottans traîner les vils lambeaux.

Seule, tu jouiras des nombreux avantages
Qu'accorde un dieu propice aux peuples affranchis.
La plante du bonheur croît pour les derniers âges ;
Et c'est à nos dépens qu'ils seront enrichis.

Oui, sous l'abri touchant des loix républicaines
Tu jouiras bientôt du plus parfait bonheur ;
La paix, la douce paix vient détruire les haines
Et du vil intérêt le charme suborneur.

Je vois de toute part l'utile agriculture
Avec profusion répandre ses faveurs,
Et sur le sol français aimé de la nature,
Les fruits pour te nourrir n'attendent pas les fleurs.

Du commerce et des arts les mains industrieuses
Travaillent à l'envi pour ta félicité,
Et sous l'ombrage épais des palmes glorieuses,
A côté de la loi siége l'égalité.

Plus de rang pour l'orgueil : le triple diadême
Espère vainement de se voir encensé :
Aux sens, à la raison parle l'Être Suprême ;
Qui l'adore, est prudent ; qui le nie, insensé.

Mais pour lui rendre hommage a-t-on besoin d'un prêtre ?
Il se dévoile aux yeux de l'univers entier.
Ses autels sont par-tout, l'ouvrage du grand Être,
Assez éloquemment, annonce l'ouvrier.

Aux modernes décrets cède le vieil usage
Qui de l'humanité méconnut les appas,
Et des loix interprète un sénat juste et sage
Abolit pour jamais la peine du trépas.

Tous les biens sont communs, et tous les cœurs sincères,
La concorde succède à l'affreuse Erinnys,
Et cette déité change en peuple de frères
Du peuple souverain tous les membres unis.

3o Fructidor.

A U B O N H E U R.

Que fait l'homme quand la raison
Commence à luire à sa pensée ?
Et quand de sa jeune saison
Le trouble l'ardeur insensée ?

O bonheur ! tu viens l'obséder
Par un mouvement qui l'enflamme,
Au desir de te posséder
Jour et nuit il ouvre son ame,

Pour te saisir, avec transport
Des sens il poursuit les délices,
La volupté, sœur de la mort,
Le condamne à mille supplices.

L'âge vient : la soif des honneurs
Le pousse vers le rang suprême,
Débarrassé de gouverneurs,
Il cherche à gouverner lui-même.

Y parvient-il ? rassasié
De pouvoir, d'encens et d'hommages,
Le malheureux ! qu'il fait pitié !
Il n'embrasse que des nuages.

Peut-être il sera plus heureux
Dans le tombeau prêt à descendre ;
C'est l'or seul qui tente ses vœux,
De cet or le vois-tu dépendre ?

Le vois-tu courbé par l'effroi,
Pâlir sur sa vaine richesse ?
L'homme a beau courir après toi,
O bonheur ! tu le fuis sans cesse.

Parmi cent mouvemens divers,
Il ne peut trouver d'équilibre,
Libre, il veut rentrer dans les fers,
Esclave, il veut devenir libre.

Le ciel qui fait tout pour le bien
T'assigna pourtant un asyle,
Es-tu terrestre ? Aërien ?
Es-tu dans les champs ? à la ville ?

I

Hélas ! qui peut le deviner ?
A te desirer , te poursuivre ,
Salomon a beau s'obstiner ,
Salomon d'une erreur s'enivre.

J'ai tout vu , de tout j'ai goûté ,
Croyez-en mon expérience ;
Tout , dit-il , n'est que vanité ,
Le plaisir , l'or et la science.

ÉPILOGUE.

C'EST ainsi que mes vers ennemis des tyrans,
Paroient la Liberté de couleurs poétiques,
Et d'Horace empruntoient les ailes pindariques,
Pour la faire adorer des peuples différens.

Exilé toutefois par un décret barbare,
Des cruels triumvirs que Thémis a frappés,
J'ai vu mes jours sereins d'ombres enveloppés,
Tout prêts à s'éclipser dans la nuit du Ténare,

Le glaive sur mon front demeuroit suspendu,
Quand le ciel est venu secourir l'innocence;
Tel autrefois des dieux éprouvant la puissance,
Le sage Simonide aux Muses fut rendu.

La crainte de la mort ne trouble point le sage,
Mes ennemis en vain me reprochoient les pleurs
Que m'ont de la patrie arraché les malheurs:
Par ma tranquillité j'ai conjuré l'orage.

Mon esprit habitant le céleste séjour,
Laissoit mon corps en proie à d'horribles tempêtes,
Et j'ai vu sans effroi toutes ces mille têtes
Que faisoit Robespierre abattre chaque jour.

Sans effroi ! qu'ai-je dit ? on vit dans ce qu'on aime;
Et quand ce glaive affreux et toujours menaçant
Frappoit le criminel ainsi que l'innocent,
Pouvois-je me cacher mon désespoir extrême ?

Toi, sage Beauharnais, dont les talens heureux
Te rendoient si célèbre à ton septième lustre,
Et toi, jeune Buffon, enfant d'un père illustre,
Ai-je pu sans douleur vous voir périr tous deux ?

Tous deux vous ne viviez que pour la république,
Pour elle vous brûliez de feux purs et constans;
Et sur vos fronts ornés des graces du printemps,
S'est changée en cyprès la couronne civique.

Et toi, que mon bonheur est de toujours aimer,
Femme tendre et sensible, ai-je pu sur ta tête
Voir sans terreur la foudre à tomber toute prête ?
Toi que même aujourd'hui mes vers n'osent nommer.

Ah ! malheur au mortel dont l'humeur irascible,
Confondant le civisme avec la cruauté,
Fait conduire à la mort les vertus, la beauté !
Est-on républicain si l'on n'est point sensible ?

Rempli de ces pensers, enfans religieux,
D'une muse peu faite aux horreurs du carnage,
Dans les forêts d'Avon (1) comme en pélérinage,
J'errois seul et tranquille en invoquant les dieux.

Abjurant des auteurs la règle surannée,
Aux lieux, aux mêmes lieux où siégèrent les rois,
Chantant la liberté, le triomphe des loix,
D'un cercle de vertus j'environnois l'année.

_____

(1) Petite commune voisine de Fontainebleau, où l'auteur
fut exilé pendant le règne de la terreur.

Que de fois cependant au milieu des forêts
Où j'allois promener ma muse vagabonde ,
N'ai-je pas entendu , me croyant seul au monde ,
De mes amis mourans retentir les regrets ?

Un jour , étoit-ce un dieu qui fascinoit ma vue ?
N'étoit-ce que l'effet d'une longue douleur ?
Sanglante , le front morné et chargé de pâleur ,
L'ombre de Beauharnais un jour m'est apparue.

Tu m'as connu , dit-il ; témoin de ma fierté ,
Quand le Peuple Français dompta la tyrannie ,
Tu vis contre les rois s'élever mon génie ;
Tu m'entendis crier : LIBERTÉ ! LIBERTÉ !

Eh bien ! la calomnie au regard homicide ,
M'accuse de tremper dans les plus noirs complots :
Et fils respectueux , étouffant mes sanglots ,
Je suis prêt à mourir comme un fils parricide.

Moi trahir ma patrie ! ... Auteurs de ces discours ,
Interrogez ma vie au sortir de l'enfance.....
Moi ! moi ! qui des premiers m'armai pour sa défense ;
Qui mille fois pour elle aurois donné mes jours !

Elle seule régnoit sur mon ame asservie ;
Nul autre de ses loix ne fut plus amoureux :
Je ne m'en repens pas ; mais qu'il est douloureux
De mourir par ses coups après l'avoir servie !

Je fus , il t'en souvient , sénateur et soldat ;
Bellone tôt ou tard eût abrégé mon âge :

Cette mort, que méprise un homme de courage,
Sur l'échafaud cruelle, est si douce au combat.

Un fils me reste, hélas ! qu'il serve la patrie !
Qu'un ami (1) le conduise au sentier de l'honneur :
S'il revient triomphant il fera mon bonheur ;
Et je me venge ainsi d'une mère chérie.

L'ombre disoit ; et moi, rival respectueux
Des chantres de la Grèce aimés de la nature,
J'essayois de transmettre à la race future,
Les derniers sentimens d'un ami vertueux.

----

(1) Beauharnais, avant que de mourir, exigea que son fils
partît pour l'armée avec le général Hoche, et se formât dans
l'art des combats sous cet habile général.

POÉSIES DIVERSES.

AVIS DES ÉDITEURS.

Un tiers de ces Hymnes civiques parut en l'an 4, à la suite du Poëme sur le Calendrier républicain ; c'étoit le moment de la réaction. Il parut *incognito*, c'est-à-dire, qu'aucun journaliste ne voulut en parler, quoiqu'il eût été envoyé à tous. Un seul, qu'il est inutile de nommer, en fit un extrait moqueur et dérisoire. N'osant pas tout-à-fait dire des injures à l'auteur, il tourna l'ouvrage en ridicule, et l'on sait que, dans ce bon siècle, *un ridicule reste*, qu'il soit bien ou mal appliqué. D'autres furent plus adroits ; ils attribuèrent à des écrivains célèbres les plus jolies pièces de l'auteur : ainsi on vit paroître dans leur feuille l'*Hymne à l'Amitié*, sous le nom du chevalier de Boufflers, ce qui étoit fort honorable pour Cubières et fort commode pour le journaliste. Le Recueil de Cubières étoit là pour répondre à toutes ces gentillesses : Cubières se tut, et il fit bien.

Nous espérons que le Recueil de Cubières aura plus de succès en l'an VI qu'il n'én a eu en l'an IV : graces au 18 Fructidor, l'esprit répu-

blicain nous paroît avoir fait quelques progrès ;
les journalistes traitent les poètes patriotes avec
un peu plus de bénignité, et peut-être des hymnes
civiques obtiendront-elles grace devant leur redoutable tribunal. Toutes celles qu'on vient de lire
ne sont pas également bien écrites, toutes ne sont
pas d'une égale beauté, il y en a même de foibles
d'expressions et de pensées ; mais il y en a de sublimes, telles que celle *au Vengeur*, qui, à notre
avis, est une des plus belles odes que nous ayons
dans notre langue. Il faut bien que nous le di-
sions, puisque les journalistes n'ont pas voulu le
dire. Le public, depuis la révolution, est si oc-
cupé d'intérêts étrangers à la poésie, qu'il faut
lui montrer du doigt les bons vers qui paroissent,
et lui dire : Voilà ce qui est excellent, voilà ce
qui ne vaut rien.

Cubières, dans ses Hymnes civiques, a pris
tantôt le ton noble et tantôt le ton familier. Quelques-unes sont des odes véritables, telle est celle
à la Gloire et à l'Immortalité; d'autres ne sont
que des chansons, telle est celle *à la Mère et à
la Fille;* quelques-unes peuvent se chanter sur
des airs du Pont-Neuf, d'autres sur des airs du
grand Opéra : le Vaudeville peut réclamer celles-
ci ; celles-là sont du domaine de Polymnie.
Nous croyons que l'auteur n'auroit pas dû descendre si souvent, les matières qu'il traite étant

toujours très-élevées. Les poètes qui chantent la liberté doivent toujours être dans l'enthousiasme; ce ne sont plus des hommes, ce sont des dieux; leur sujet est sacré comme les dieux mêmes. Mais il paroît que ces Hymnes étant, pour la plupart, destinées à des fêtes populaires, l'auteur a voulu se mettre à la portée du peuple.

Ce n'est guère à nous, au surplus, qu'il convient d'en juger, et nous allons transcrire une lettre du citoyen Saint-Ange, qui nous dispensera d'en dire davantage. Saint-Ange est un de nos meilleurs poètes et un de nos meilleurs littérateurs; il est professeur de belles-lettres à l'École centrale de la rue Antoine; il a traduit Ovide avec une élégance soutenue, et, familiarisé depuis long-temps avec les graces de son modèle, on doit le croire lorsqu'il trouve des graces poétiques quelque part. Voici comment il écrit au citoyen Cubières :

Lettre du citoyen Saint-Ange au citoyen Cubières.

CITOYEN,

« C'est l'enthousiasme, un beau désordre, des écarts sublimes qui caractérisent l'ode pindarique. Votre *Ode au Vengeur*, que je viens de

lire, ne réunit point toutes qualités : elle débute
par ce qu'on appelle un lieu commun, et la marche en est peut-être un peu trop méthodique ;
mais que de beautés de style elle renferme !
quelle richesse d'expression !

» Votre but a été d'exciter la haine des Républicains français contre le gouvernement d'Angleterre, et pour y parvenir, vous peignez un
vaisseau assailli par les satellites du roi George,
se défendant avec courage, et préférant un naufrage héroïque à la honte de se rendre : vous per-
sonnifiez ce navire ; vous lui donnez une ame,
des passions ; vous l'enflammez de l'amour de la
patrie ; il vit sous votre pinceau poétique : ce
n'est plus un navire, c'est *un héros flottant.*

Que ce héros flottant survive à son naufrage.

» Il est blessé, il chancelle, il succombe, et
son farouche vainqueur est forcé de rendre hommage à sa valeur immortelle. On demandoit à
Corneille où il avoit appris l'art de la guerre :
on pourroit vous demander où vous avez appris
l'art de la marine. Peut-on mieux peindre les
circonstances d'un naufrage que vous ne l'avez
fait dans votre seizième strophe ?

» Ce que j'admire encore dans votre Ode, ce

sont les mouvemens du style : c'est ce qui fait vivre un ouvrage, et le vôtre en est rempli.

Pleurez , concitoyens, pleurez vos frères d'armes...
Les voilà les héros dont la troupe aguerrie...
Est-ce toi, peuple anglais, que poursuit notre haine?
Non.

» Tous ces mouvemens sont naturels, et font honneur au cœur dont ils partent. Il seroit à desirer qu'une ode comme la vôtre fût chantée dans nos ports et sur nos flottes, comme l'hymne des Marseillais l'a été dans toutes nos armées : cela opèreroit des prodiges.

» Il y a déjà deux ans que cette *Ode au Vengeur* est imprimée, et aucun des journalistes n'en a parlé. Que je serois heureux si mon suffrage pouvoit vous dédommager de leur silence !

» Deux autres poètes, le Pindare et le Tibulle français , ont composé chacun une ode sur le même sujet. Il me semble que pour imiter le Brun vous avez allumé votre enthousiasme au feu de son génie , et que votre vol pindarique laisse Parny au-dessous de vous. Comment se fait-il que ce poète, qui a tant de goût, ait cru pouvoir admettre les mots de *tribord* et de *basbord* dans des vers lyriques?

» J'ai lu les diverses pièces qui suivent votre *Ode au Vengeur*, et que vous appelez *Hymnes civiques*. Comme ma vieille amitié pour vous ne m'aveugle point sur vos défauts, je vous dirai que les idées m'en ont paru un peu communes, et pas toujours aussi heureusement exprimées que vous auriez pu le faire. J'excepte l'hymne à l'Amitié, dont les premières strophes m'ont charmé, et l'hymne intitulée: *les Victoires de la République*, où j'ai distingué ce vers ingénieux sur le télégraphe:

Chappe de la victoire a centuplé les ailes.

» Je ne parle point de votre poème sur le Calendrier républicain : vous l'avez lu au Lycée des Arts, et les applaudissemens que vous avez reçus doivent vous satisfaire.

» Quoi qu'il en soit de vos odes et de vos poèmes, qu'ils soient foibles ou forts de poésie, qu'ils soient négligemment ou correctement écrits, je ne puis qu'applaudir au motif qui vous les a dictés. A toutes les époques de la révolution, votre muse s'est empressée de parer l'autel de la liberté des guirlandes du Pinde. Vous et notre immortel Chénier, vous êtes, dans ce sens, les deux hommes qui ont le mieux mérité de la république des lettres et de la république française.

» Il me semble que la révolution a ouvert une nouvelle carrière aux talens, et sur-tout aux poètes lyriques. Depuis que les soldats républicains se sont immortalisés par tant de victoires, quel champ vaste leurs nouvelles conquêtes n'offrent-elles pas à parcourir à nos bardes? Les batailles de Montenotte, de Millesimo, le passage du pont de Lodi, et, en général, les exploits de Bonaparte et des vainqueurs de Fleurus, quels sujets grands et féconds! que de Tyrtées, que de Pindares nouveaux ils peuvent faire éclore! Jean-Baptiste est-il jamais plus poète que dans son ode aux Princes chrétiens sur l'armement des Turcs, et dans celle sur la bataille de Péterwaradin? Voilà les odes que j'appelle guerrières, et dont le genre doit être perfectionné de nos jours. Que nos bardes chantent nos guerriers, et ils partageront leurs lauriers.

» Lefranc de Pompignan dont on s'est beaucoup moqué, et qui n'en avoit pas moins beaucoup de mérite, se félicitoit d'avoir mérité les éloges du souverain pontife : ce sera ceux du peuple qu'il faudra ambitionner désormais, et les acclamations de l'un valent bien les bénédictions de l'autre. Je vous les souhaite, et vous salue en Apollon ».

> SAINT - ANGE , *professeur de belles - lettres à l'École centrale de la rue Antoine.*

Ce 13 messidor, an VI de la République.

ODE

AU VENGEUR*,

VAISSEAU qui a péri dans le combat du 13 Prairial de l'an 2e de la République.

QUE l'homme est insensé, qui, durant sa carrière,
Sans réfléchir jamais à son heure dernière,
De ses projets nombreux fatigue l'avenir !
Ses jours qu'il croit d'airain sont des vases d'argile,
    Dont le tissu fragile
Une fois divisé ne peut se réunir.

    Soit qu'il vive ou qu'il meure, en proie à la souffrance,
Des brillantes erreurs, d'une vaine espérance,

---

    * Ce vaisseau n'a point péri non plus que son équipage ; mais Barrère le fit croire à toutle monde dans un de ses rapports. Quoi qu'il en soit, on sait que la poésie s'exerce sur des fictions, et celle-ci a paru si intéressante à tous nos poètes, et entr'autres à Lebrun, qu'elle leur a fourni presque à tous l'occasion d'un travail patriotique : les amateurs pourront comparer leurs ouvrages avec l'Ode que je leur présente.

                                   K.

Que lui sert d'allumer le passager flambeau ?
Par une seule route avec peine suivie,
    Il entre dans la vie,
Et par mille chemins il descend au tombeau.

    Le sage voit la mort sans la fuir ni la craindre ;
De quelques traits hideux que l'on cherche à la peindre,
A son regard tranquille elle s'offre toujours,
Et toujours avec joie il meurt pour la patrie
    Lorsque sa voix lui crie :
Pour sauver mes enfans j'ai besoin de tes jours.

    C'est ainsi que jadis finirent leur carrière
Les trois cents combattans dont la valeur guerrière
Arrêta de Xerxès les féroces exploits.
La patrie ordonnoit : brûlant du même zèle,
    Ils périrent pour elle
Contens et glorieux d'obéir à sa voix.

    Ainsi dans un combat à jamais héroïque,
Viennent les matelots qu'arma la République,
D'affronter à leur tour la mort et la douleur ;
Ils ont imité Sparte, et l'onde qui bouillonne,
    A vu Lacédémone
Une seconde fois déployer sa valeur.

    O Vengeur, c'est à toi que ma muse s'adresse ;
Fais couler dans mes vers la martiale ivresse
Qui le jour de ta gloire enflammoit tes soldats ;
Qu'ils peignent tour-à-tour la trompette qui sonne
    Et le bronze qui tonne,
Et des flots et des vents l'effroyable fracas.

Je prétends célébrer ton illustre naufrage ;
Le Sénat des Français (1) par sa voix m'encourage,
Et ses vœux pour mon cœur sont une douce loi.
Déroule à mes regards tes voiles immortelles,
  Et porté sur leurs ailes,
Vers l'empire des mers je m'envole avec toi.

  Tu m'exauces... tu viens combler mon espérance.
J'apperçois sur les flots l'Angleterre et la France
Déployant à l'envi leurs pavillons divers :
Une égale fureur les excite au carnage :
  Ainsi Rome et Carthage
Ont combattu long-temps aux yeux de l'univers.

  Albion toutefois l'emportant par le nombre,
Est fière de plonger dans le royaume sombre
Les bataillons français, victimes du trépas ;
Mais de ses ennemis le Français voit l'audace
  Sans craindre de disgrace,
Il demande : où sont-ils ? et ne les compte pas.

---

(1) C'est aux poètes et aux peintres, dit Barrère dans son rapport du 22 messidor de l'an 2, à tracer et à peindre l'événement du Vengeur ; il ajoute qu'un concours honorable est ouvert à la peinture et à la poésie, et que des récompenses nationales leur seront décernées dans une fête civique. J'ai célébré dans mes vers les événemens les plus glorieux de la révolution, et celui du Vengeur m'a paru si touchant et si sublime, que l'invitation honorable de la Convention n'a pu rien ajouter à mon zèle.

O des républicains bravoure magnanime!
L'esclave des tyrans endurci dans le crime
Est forcé de te rendre un hommage immortel;
Et ses papiers menteurs (1) une fois véridiques,
　　　A tes vertus civiques
Sous l'œil de George même élèvent un autel.

Ouvre-toi, Panthéon, reçois dans ton enceinte,
Du vaisseau courageux l'image noble et sainte;
Que le Vengeur renaisse à ton dôme appendu :
Que ce héros flottant survive à son naufrage,
　　　Et qu'un si digne ouvrage
Par Apelle ou Vernet à nos yeux soit rendu.

Le voyez-vous couvert de blessures profondes,
Et, privé de ses mâts, chanceler sur les ondes?
Les ondes, le feu, l'air conspirent son trépas,
Il craint peu toutefois la rage britannique,
　　　Et l'Anglais tyrannique,
De cent bronzes armé ne l'épouvante pas.

Par la foudre avec force il repousse la foudre;
Mais ces globes brûlans qui mettent tout en poudre,
Cessent bientôt, hélas! de servir son courroux;

---

(1) Le Vengeur étoit environné de vaisseaux anglais lorsqu'il a déployé le plus grand courage; et ce courage a telle-
ment frappé les Anglais, que les premiers ils l'ont raconté,
et que leurs journaux, dont Barrère cite plusieurs passages,
ont été forcés d'arracher à l'oubli des traits, qui sans eux au-
roient été ignorés.

De tout secours privé quel sera son refuge ?
Va-t-il, lâche transfuge,
D'un ennemi superbe embrasser les genoux ?

Non, les républicains méprisent trop la vie;
Vivre après le trépas est leur unique envie,
Et la gloire et l'honneur sont leurs divinités :
Des blessés, des mourans la foule encore respire
Au faîte du navire,
En pompe, tout-à-coup, je les vois transportés.

Est-ce un naufrage horrible ? est-ce une aimable fête
Dont le douteux spectacle à mes regards s'apprête ?
Quelle alégresse brille au front des matelots !
Je les entends crier dans leur zèle civique :
Vive la république !
Tomber, et pour jamais s'engloutir sous les flots.

Ciel ! quels débris sanglans couvrent l'humide plaine !
Des autans irrités la turbulente haleine
Les pousse dans les airs, les roule en tourbillons,
Et d'espace en espace enlacés aux cordages,
Symboles des naufrages,
Flottent des trois couleurs les sacrés pavillons.

Pleurez, concitoyens, pleurez vos frères d'armes,
Au sang qu'ils ont versé mêlez de douces larmes,
Du fond de leur cercueil vous entendez leur voix;
Ils disent tous ensemble : O France ! ô ma patrie !
Terre à jamais chérie,
C'est pour toi que je meurs et pour tes saintes loix.

Ils meurent ; et pourtant c'est grace à leur courage
Qu'à travers les écueils, qu'à travers le carnage,
Arrive dans nos ports ce précieux (1) fardeau,
Qui, rompant les projets de l'horrible famine,
     Prévient notre ruine,
Et vient à leurs dépens nous sauver du tombeau.

Ils meurent! qu'ai-je dit ? ils vivront dans l'histoire :
Le cri de leur défaite est un chant de victoire
Qui déjà fend les airs avec agilité ;
Et l'abîme des eaux dépositaire avare,
     Qui ressemble au Ténare,
Est forcé de les rendre à l'immortalité.

Les voilà, les héros dont la troupe aguerrie
S'enflamme d'un saint zèle au cri de la patrie !
Plutôt que de se rendre ils reçoivent la mort,
Et du tyran des mers satellite farouche,
     L'Anglais que rien ne touche,
Quoiqu'un moment vainqueur, semble envier leur sort.

Il faut nous-même, il faut les rendre à la lumière ;
Que le marbre, l'airain, que la nature entière
S'empressent à l'envi de célébrer leurs noms ;
Sur le vaste océan qu'un Vengeur ressuscite,
     Qui dans le noir Cocyte,
Plonge du fier Anglais les nombreux pavillons.

---

(1) Allusion au convoi de grains qui arriva d'Amérique
dans nos ports, malgré les forces supérieures des Anglais, et
malgré les pertes que nous fîmes le 13 Prairial.

Brest exauce mes vœux! Brest avec moi conspire :
Voyez-vous dans ses ports s'élever un navire (1)
Qui sur les flots lancé fait trembler Albion ?
Du Vengeur qui n'est plus il n'a rien qui diffère,
    Il vengera son frère,
Et par de grands exploits justifiera son nom.

Et toi qui sur les mers, victime obéissante,
Cours défendre en héros la liberté naissante,
Des guerriers du Vengeur apprends à tout souffrir ;
Et si tu veux atteindre à leur gloire suprême,
    Dis toujours en toi-même :
Pour revivre comme eux, comme eux je dois mourir.

Quand ton vaisseau flottant sur une mer lointaine
Sera forcé de suivre une route incertaine,
Cherche le Panthéon et du cœur et des yeux ;
Qu'il te serve de phare et d'étoile polaire,
    Que toujours il t'éclaire ;
Son dôme éblouissant est ouvert sur les cieux.

Le Vengeur tout-à-coup sous sa voûte s'élance :
Le vois-tu qui dans l'air fièrement se balance,
Et qui semble appeler tes nombreux compagnons ?

---

(1) Il s'est construit, dit-on, dans le bassin couvert de Brest, un vaisseau à trois ponts, semblable en tout à celui dont j'ai essayé de célébrer la gloire ; et la Convention a décrété qu'il porteroit le nom de Vengeur.

La Gloire à ses côtés leur tresse une couronne,
Et sur une colonne (1),
Au défaut de leurs traits elle a gravé leurs noms.

Quelquefois du milieu de la campagne humide,
Contemple avec amour l'auguste pyramide
Où semblent ranimés tés frères expirans;
Et que l'aspect touchant d'une gloire nouvelle
T'arme d'un nouveau zèle
Pour renverser par-tout le trône dés tyrans.

Au peuple des cités qu'opprimoient Londre et Rome,
C'est peu d'avoir rendu les droits sacrés de l'homme,
Il faut les rendre encore aux braves matelots;
C'est peu d'anéantir les tyrans sur la terre,
Il faut que ton tonnerre
De leur joug pour jamais affranchisse les flots.

Eh! de quel droit l'Anglais à sa chaîne importune,
Veut-il assujétir l'un et l'autre Neptune?
Au lieu d'en recevoir impose-lui des loix,
La nature sur lui te donna l'avantage :
Tombe, tombe, Carthage !
Et que Rome soit libre une seconde fois.

Carthage adoroit l'or, l'or étoit son idole :
Tel est l'Anglais. Privé de ce métal frivole,

---

(1) La Convention a décrété aussi que les noms de tous les braves citoyens composant l'équipage du Vengeur, seroient inscrits sur la colonne du Panthéon.

Il se croit accablé sous les coups du malheur ;
Il s'agite au milieu des discordes civiles,
    Pour acheter nos villes ;
Et la corruption lui tient lieu de valeur.

  Jaloux de nos succès, avec impatience
Il court, pour affermir une triple alliance,
Porter de vils tributs à nos derniers tyrans ;
Alors nous avons dit : Point de grace aux perfides ;
    Sous nos traits régicides,
L'un sur l'autre entassés qu'ils tombent expirans.

  Des rois de l'univers la gloire est périssable,
Les sermens qu'on leur fait sont écrits sur le sable ;
Ceux des républicains sont gravés dans les cieux.
Où sont les potentats, qui, fiers de leur empire,
    S'armoient pour nous détruire ?
Où sont le Léopard et l'Aigle audacieux ?

  Pilnitz a vu leur trame et Fleurus leur défaite ;
C'est en vain qu'élevant une hideuse tête
Ils veulent rallier leurs nombreux bataillons :
Voyez-les tous épars sur la terre sanglante,
    Tels sous la faux tranchante
Les superbes épis tombent dans les sillons.

  Est-ce toi, Peuple anglais, que poursuit notre haine ?
Non, du crime jamais le penchant ne t'entraîne.
Le peuple aime par-tout à défendre ses droits,
Par-tout la liberté du peuple est les délices ;
    J'en ai de sûrs indices :
Les vertus sont du peuple, et le crime est des rois.

VERS

SUR

LA CONQUÊTE DE LA HOLLANDE,

ANNONCÉE à la Convention nationale, le 6 Pluviôse* de l'an 3.

Toi qui d'un citoyen oubliant le devoir,
Des brigands couronnés exaltes le pouvoir;
Leur barbare valeur toujours funeste au monde,
Leurs combats sur la terre et leurs exploits sur l'onde,
Et qui des nations méconnoissant les droits,
D'un laurier homicide ornes le front des rois.
Détestable flatteur des tyrans et des princes,
Viens, cours avec ma muse au fond des sept provinces,
Dépouille ta bassesse, et du Peuple français
Contemple en frémissant les rapides succès.
Sur les fleuves durcis vois-le tenter la glace,
Et franchir tout-à-coup leur glissante surface;
Construire de Vulcain les brûlans arsenaux,
Au milieu des marais, dans le sein des canaux;

---

* C'est le 6 Pluviôse que le calendrier républicain donne le mot *laurier*. Il est singulier qu'aucun journaliste n'ait fait cette remarque.

A Neptune arracher la foudre de Bellone :
A Neptune enchaîné qui s'indigne et s'étonne...
Vois le bronze enflammé sur ces fleuves roulant,
Lancer une mort prompte au Batave tremblant.
Vois du prince qui fuit tout le riche cortège...
Vois sur-tout ces coursiers (1) qu'un ciel juste protège ;
Coursiers navigateurs s'emparer des vaisseaux,
Qu'emprisonne l'hiver dans le cristal des eaux ,
Et par-tout leur victoire assurer leur passage.

Un critique fameux qu'on a surnommé sage,
Et qui porta les fers d'un roi surnommé grand,
Dans l'épître à ce roi, que j'appelle tyran,
Peint la difficulté qu'éprouva son génie
A cadencer des noms dénués d'harmonie,
A leur prêter le charme exigé d'Apollon,
A les faire adopter par le sacré vallon...

Eh bien ! que Despréaux aime son esclavage ;
Tyrans des nations et tyrans du langage,
Courbez vos fronts ensemble et tombez à genoux
Devant la Liberté qui vient régner sur vous.

---

(1) C'est la cavalerie qui, la première, a tenté le passage
du Waal, et qui y a réussi. Une partie de l'armée ennemie,
qui se reploit et vouloit traverser le fleuve un peu plus bas,
y a trouvé une glace moins forte qui a manqué sous elle et l'a
fait périr : ce fait m'a été rapporté par des témoins oculaires.
Ne rappelle-t-il pas le miracle de la mer Rouge ? Que de miracles semblables sont arrivés depuis la révolution !

De cette Liberté je fus toujours l'apôtre ;
Son joug est plus aimable et plus doux que le vôtre.
Et dussé - je offenser les pédans et les rois,
Je ne veux dans mes vers obéir qu'à ses lois.

Pour les républicains, oui, qu'un laurier s'apprête :
Ils ont de la Hollande achevé la conquête ;
Louis la commença, mais ils l'ont surpassé :
Quel triomphe par eux n'est - il pas effacé !
C'est par eux qu'en tout temps les prodiges s'opèrent,
Et le peuple exécute où les rois délibèrent.

Ils ont beau jusqu'aux cieux élever (1) Luxembourg,
Ces poètes menteurs que vit naître la cour ;
Mieux que les généraux qui rampoient à Versailles,
Un vrai républicain sait gagner des batailles.

Honneur, sur - tout honneur à ces braves guerriers,
Qui par - tout dans la Gueldre ont cueilli des lauriers,
Et dont par - tout Minerve a couronné le zèle.
Heusden est vainement à la rime rebelle ;

---

(1) Les généraux républicains ont évité la faute commise
dans la conquête de la Hollande sous le règne de Louis XIV ;
ils ont toujours marché en avant , en masse , et sans s'amuser
à mettre des garnisons dans toutes les places soumises succes-
sivement. Le 27 novembre , les Français étoient déjà dans
Bommel , et une heure après ils se sont montrés sur l'autre
rive du Waal. On a long - temps attribué à Pichegru l'honneur de cette conquête ; c'est malgré lui que nos soldats ont
triomphé. Portiès de l'Oise , est un bon républicain , il est
digne de foi ; qu'on le consulte , il étoit témoin et acteur , il
dira la vérité.

Je la vois assiéger, presser de toutes parts,
Et l'armée à ma muse en ouvre les remparts.

*Rotterdam fut toujours l'effroi de la césure,
Qu'importe à des soldats la loi de la mesure;
Ils y forcent l'Anglais à recevoir des fers,
Et d'un nouveau triomphe embellissent mes vers.

Ah! quand il est paré des mains de la victoire,
Quel nom ne reçoit pas une écharpe de gloire!
GORCUM même de tous le moins harmonieux,
Peut effrayer l'oreille et charmer tous les yeux.

Satellites des rois, qu'une audace guerrière
Autrefois a poussés dans la même carrière;
Où sont-ils les trésors qu'au gré de son desir,
Louis chez le Batave eut l'espoir de saisir?
L'or y coule à grands flots; c'est-là que sur les ondes
Le commerce établit l'entrepôt des deux mondes.
Tous ces trésors ont fui sous vos avides mains;
Dans les nôtres tombés pour les plus grands desseins,
Ils vont humilier l'orgueil de l'Angleterre,
Et de son joug impur ils vengeront la terre.
Tous ces riches trésors en vaisseaux transformés,
Sur l'Océan déjà s'élancent tout armés,
Et du reste du monde ils brisent les entraves:
Tremble, perfide Anglais, rassurez-vous, Bataves;
Faut-il de ses forfaits que vous soyez punis?
Non; aimez la justice, et nous serons unis.
Ce n'est point en vainqueurs, en conquérans sauvages,
Que nous sommes venus sur vos lointains rivages:

C'est en libérateurs. Sous un joug méprisé
Se courboit votre tête, et nous l'avons brisé,
Et chevaliers errans de la démocratie,
Avec la liberté nous vous donnons la vie.
La muse de Boileau n'a trouvé sur vos bords
Que des noms ennemis de ses brillans accords;
Moins habile, et pourtant à vivre plus aisée,
La mienne va mouiller dans le Zuiderzée.

LA PAIX
AVEC LA TOSCANE,
POËME.

Le grand-duc de Toscane a donné aux princes d'Italie un exemple qui fait honneur à son humanité et à sa sagesse. (*Paroles de Chénier, président de la Convention, tirées du Moniteur, 13 Fructidor de l'an 3.*)

Est-ce l'homme des champs qui peut aimer Bellone ?
Il les sème avec soin, c'est elle qui moissonne ;
C'est elle qui dévore et les fruits et les fleurs,
Qui fait couler le sang, qui fait verser des pleurs.
Est-ce une mère ? hélas ! une mère sensible
Peut-elle voir son fils qui se croit invincible,
Aller chercher la mort au milieu des hasards,
Et tomber expirant sous les drapeaux de Mars,
Ou revenir suivi de ses compagnons d'armes,
Chargé d'affreux lauriers qu'elle arrose de larmes ?
Est-ce un navigateur ? Il voit tous ses vaisseaux
Avec tous ses trésors engloutis sous les eaux,
Dans ces tristes combats où sur les mers profondes,
Le sang à gros bouillons se mêle avec les ondes.

Malheur aux nations, malheur aux potentats,
Qui dans le vain espoir d'agrandir leurs états,
Font à la douce paix succéder les tempêtes !
C'est haïr les humains que d'aimer les conquêtes.
Peuples triomphateurs, pleurez sur vos succès.

Dans le jardin qui touche au sénat des Français,
Ainsi chantoit ma muse : une belle déesse,
Que la Raison précède et que suit la Sagesse,
La Paix, l'aimable Paix se présente à mes yeux;
Le myrte et l'olivier sur son front radieux,
S'entremêlent en cercle, et la gerbe dorée
Achève de mûrir dans sa main adorée.
L'Amour est sur ses pas, armé de son flambeau;
Il chasse la Discorde, il la plonge au tombeau ;
Et des partis éteints, des haines étouffées,
Avec un doux sourire il abat les trophées.

Tout le peuple la suit ; il doit à son retour
Les tributs de Cérès, les plaisirs de l'amour :
Avec reconnoissance autour d'elle il s'empresse,
Et pousse dans les airs les chants de l'alégresse :
Un jeune ambassadeur lui sert de Sigisbé.

Sous le joug des tyrans le Florentin courbé
Eut long-temps à gémir, et ses tristes ancêtres
Combattirent long-temps pour se donner des maîtres.
D'un ami de la France et de la Liberté,
Aujourd'hui sans contrainte il suit la volonté;
Que dis-je ? Ferdinand de son peuple est le frère,
Et régner n'est pour lui que le talent de plaire.

De la paix amoureux, au sénat des Français
Il veut pour l'obtenir qu'elle ait un libre accès;
Et son ambassadeur chargé de la conduire,
Se présente avec elle, et la fait introduire.

Sages législateurs, dit la divinité,
Vous tenez dans vos mains la souveraineté;
Le peuple vous la donne, et, par un doux échange,
Vous rendez à ce peuple un sénat qui le venge
Du joug impérieux de vingt rois irrités,
De vingt rois seuls auteurs de vos calamités.

A l'orage pourtant doit succéder le calme;
Vos mains de la victoire ont moissonné la palme,
Et cette palme, hélas! dans vos sanglantes mains
Atteste vos exploits sur les braves Germains
Dont vous avez conquis le riche territoire:
Il vous faut conquérir une plus belle gloire,
Celle de pardonner manque à votre vertu:
Frappe-t-on l'ennemi quand il est abattu?
Ah! vous ne voulez point, comme un roi de Versailles,
Pour un si, pour un mais, prolonger des batailles;
Et puisque votre oreille est fermée aux flatteurs,
Soyez du genre humain les pacificateurs.

On n'entend pas toujours au milieu des orages
Le tonnerre à grand bruit déchirant les nuages;
Il se tait, il s'appaise, et sous un ciel serein
Par degrés le soleil, des astres souverain,
Etend sur les vergers sa féconde influence,
Et rend aux laboureurs la joie et l'espérance.

I.

Si l'ambition seule arma toujours les rois,
Et d'un crêpe lugubre enveloppa les lois,
Les peuples à l'envi s'arment pour la justice;
Français, vous détestez la guerre et l'artifice,
Vos vieux tyrans déjà sont plongés au cercueil,
Laissez le fier Anglais conserver son orgueil,
L'Autriche se nourrir de projets de vengeance,
Et le Russe avec elle être d'intelligence :
A ce triple ennemi n'opposez désormais
Que l'égide des lois, que l'amour de la paix.
Que peut-il contre vous ? Comme l'on voit des ondes
Mourir sur un rocher les fureurs vagabondes,
Telle on verra bientôt sa fureur expirer :
Unis pour vous combattre ils vont vous admirer.
Déjà de toute part on m'appelle, on m'implore;
J'entends crier LA PAIX du couchant à l'aurore,
Et de l'ourse au midi les malheureux mortels
De meurtres fatigués relèvent mes autels
Jusqu'à ce jour, hélas ! ensevelis sous l'herbe.
Pardonnez aux vaincus, méprisez le superbe;
Et foulant à vos pieds de viles passions,
Faites revivre enfin le droit des Nations,
Qu'à celui du plus fort par degrés il succède;
Des maux de l'univers la paix est le remède.

Que vois-je autour de vous? des monts audacieux
Qui ceignent de remparts vos champs aimés des cieux !
Qu'entre ces monts altiers, comme en un doux asyle
S'élève désormais mon olivier tranquille;
Que la palme des arts y croisse avec les fleurs,
Et couronne vos fronts de ses vives couleurs.

Le visage entouré d'une pudeur naïve,
A ces mots elle avance, et d'un rameau d'olive
Au grave président, en signe d'amitié,.
Avec un doux sourire elle offre la moitié;
Il s'incline, et reçoit la branche desirée,
Qui semble ramener le beau siècle de Rhée.

Le sénat bat des mains à ces tableaux charmans;
La déesse, au doux bruit des applaudissemens,
Va signer au bureau l'union la plus belle;
Français et Florentins seront heureux par elle,
Et du peuple l'amour, le vœu des sénateurs,
Lui font de la séance accorder les honneurs.

LES TROIS COULEURS,

ou

LA LIBERTÉ DES COLONIES.

> Quiconque s'efforce de justifier le système de l'esclavage, mérite des Philosophes un profond mépris, et du Nègre un coup de poignard.
>
> RAYNAL, *tome 4.*

J'AIME les trois couleurs, je les ai célébrées,
Mes pages de leurs noms sont par-tout honorées,
Et par-tout j'ai vanté leur auguste pouvoir;
Qu'aux fronts républicains il est doux de les voir
Rappeler ce beau jour où tout le peuple en armes
Renversa la Bastille au milieu des alarmes,
Et de nouveaux succès infaillibles garans
Répandre un long effroi dans l'ame des tyrans !

A voir mes sentimens pour ces trois immortelles,
Peut-être vous croyez que je vais parler d'elles;
Amis, détrompez-vous, le ruban tricolor
Sans doute est pour ma muse un précieux trésor;
Mais elle va passer, citoyenne volage,
Des couleurs du ruban à celles du visage.

Oh ! pour me seconder en ce travail nouveau,
Que n'ai-je les talens d'un Mabli, d'un Rousseau?
Ils ont d'un coup mortel frappé la tyrannie,
Et notre liberté naquit de leur génie.

J'étois dans cette enceinte où l'œil des magistrats
Me voyoit rédiger leurs civiques débats ;
Trois hommes tout-à-coup entrent dans l'assemblée,
Qui, d'une douce joie, est saisie et troublée.
Quel aspect en effet pour des républicains !

L'un offre la couleur des peuples africains ;
L'autre, le front noirci d'une teinte moins sombre,
Rappelle ces clartés qui scintillent dans l'ombre,
Et le troisième enfin brille par sa blancheur.

Tous trois libres et fiers, avec force et candeur,
Viennent développer leurs sentimens sublimes ;
Français, dit l'homme blanc, citoyens magnanimes,
Vos colons gémissoient dans des fers odieux,
Vous les avez brisés : à l'exemple des dieux
Vous avez établi le plus juste équilibre,
Ils avoient créé l'homme, et vous le rendez libre ;
C'est partager leur gloire, ainsi que leur pouvoir :
Que dis-je ? l'homme esclave a reconquis l'espoir,
Et l'affranchir d'un joug qu'il recevoit d'un maître,
C'est faire plus pour lui que de lui donner l'être.
Par les mers séparés, non par les sentimens,
Nous ne vous ferons point de vains remercîmens ;
Mais nous jurons ici d'être toujours fidèles
Au vœu sacré du peuple, à ses loix immortelles,

De toujours maintenir la sainte égalité,
Et de vivre avec vous dans la douce unité.
Malheur à qui des rois sembleroit idolâtre !

Malheur ! dit à son tour l'intrépide mulâtre :
Le peuple parmi nous avoit perdu ses droits,
Et c'étoit la couleur qui nous donnoit des rois.
Ah ! qui ne béniroit la main qui réintègre
Dans ces droits reconquis le mulâtre, le nègre,
Et qui des préjugés frappe l'affreux démon ?
Ne sont-ils pas formés avec même limon ?
L'homme blanc, l'homme noir, et pour la différence,
Qu'importe la couleur ? qu'importe la naissance ?
Celui qui les créa resta seul sans égaux.

Devant le fouet courbés comme de vils troupeaux,
Nous étions obligés de respecter nos maîtres,
Nous n'avons plus de rois, nous n'avons plus de prêtres,
Grace vous soit rendue en ce jour solennel,
Les rois sont passagers, le peuple est éternel.

Des rives d'Ozama les habitans sauvages,
Peignent leurs sentimens par de grandes images ;
Le soleil est leur père, et dans tous leurs discours
Eclatent les couleurs du bel astre des jours.
L'homme noir sur ces bords a reçu la naissance,
Bientôt à la tribune à son tour il s'élance :
J'étois, dit-il, esclave ; un maître impérieux
Pressoit mon humble front de son pied orgueilleux,
Graces à mes travaux, à ma sage industrie,
Ma tête s'éleva d'un vil joug affranchie ;

Je m'achetai moi-même, et pour la liberté,
Je combattis long-temps avec force et fierté.
A la consolider s'il faut que je m'applique,
Tout mon sang coulera pour votre République;
Mais qu'importe après tout d'être libre à moitié?
Pour ne plus recevoir le pain de la pitié,
En est-on moins esclave? Un indigne monarque
Des tyrans sur nos fronts laissoit encor la marque;
Après de longs efforts vous l'avez abattu,
Et la fortune un jour a suivi la vertu.
Les cris de liberté, d'égalité parfaites,
Ont soudain retenti jusques dans nos retraites;
Nous avons arboré le signe tricolor,
Plus précieux pour nous que les perles et l'or;
Ses agréables nœuds ont remplacé nos chaînes;
Et tant qu'un peu de sang coulera dans nos veines,
Toujours consolateur du colon éperdu,
Sous sa hutte modeste il sera suspendu;
Et de la liberté nous offrant les images,
Toujours il flottera sur nos brûlans rivages.

Le président répond : Des scélérats, des rois
Avoient asservi l'homme ; en place de vos droits
Ils avoient promulgué leurs caprices bizarres:
Le peuple n'étoit rien, et vos maîtres barbares,
Suppléant par la force à l'auguste équité,
Avoient détruit par-tout l'aimable égalité.
Quels maux ne souffroit point votre ame indépendante,
Lorsqu'ils vous arrachoient la liqueur bienfaisante,
Dont tout peuple à l'envi savoure les douceurs?
Le sucre par torrent couloit avec vos pleurs.

Vous seuls les faisiez vivre, et pour prix de vos peines,
Ils vous faisoient mourir sous le poids de vos chaînes.
Citoyens, nos amis, nos frères, nos égaux,
Réparez votre injure et plaignez vos bourreaux.

Publicola dans Rome affranchit les esclaves,
Notre sénat de même a brisé leurs entraves;
Imitant les vertus de ce législateur,
Il vient de s'élever à la même hauteur.
Vive, vive à jamais le *Sénat publicole*.

Sur un esquif léger qu'il s'élance, qu'il vole,
Celui qui d'entre vous, amant de son pays,
A vu la liberté triompher à Paris!
Qu'il aille raconter cette grande victoire
Aux rives de l'Usaque et sur la rive noire;
Qu'il s'avance en criant : liberté! liberté!
Qu'il entre sous le toit par le pauvre habité,
Sous le palais du riche, et que dans son ivresse
Il fasse retentir les chants de l'alégresse;
Qu'il arrête la main du barbare piqueur
Prêt à frapper l'esclave; et qu'au nom du vainqueur
De la loi qui peut tout, il dise : téméraire!
Les tyrans sont détruits, et cet homme est ton frère,
Respecte les décrets du peuple souverain.

Et vous qui gémissiez sous un sceptre d'airain,
Vous, épouses des noirs, mères infortunées,
Qui couliez dans le deuil vos plus belles années,
Vos lâches oppresseurs, vos bourreaux insolens
Ne vous forceront plus d'étouffer vos enfans....

Votre enfant naîtra libre, et la plante chérie,
Que cultivent vos mains, croîtra pour la patrie.
Le nabot (1) meurtrier, pire que le trépas,
Et qui de vos époux enchaînoit tous les pas,
Ne les soumettra plus à d'affreuses tortures.
N'avez-vous pas souffert d'assez longues injures,
Vous qu'un gérent forçoit à fléchir les genoux?
Cet organe enchanteur si flexible, si doux,
Par qui l'homme en naissant déroule sa pensée.....
Votre langue, en un mot, car ma muse est pressée
De voir à ce nom seul s'enflammer vos esprits,
Vous l'arrachiez, dit-on, à vos palais surpris :
Vous la conserverez; votre pensée ardente
Ne la trouvera plus sur vos lèvres absente,
Vous la conserverez pour maudire les rois,
Vous la conserverez pour proclamer vos droits.
Et toi qui, dans Paris, électrisant les ames,
De la démocratie y fais naître les flammes,
Que ne vit point le ciel d'un œil indifférent,
Renverser les autels du monarque tyran,
Sage Convention, des peuples sois l'école,
Et nous, amis, chantons un sénat publicole.

Il se tait : ce discours ferme autant que hardi,
Par l'assemblée auguste est soudain applaudi,
Et dans l'ame du peuple il fait naître une joie
Qui s'exhale en *bravos*, et par-tout se déploie.

---

(1) Le nabot est une espèce de boule meurtrière que l'on
attache sous le pied de l'esclave, avec un anneau de fer, et
qui le blesse gravement à chaque pas qu'il veut faire.

Les citoyens bientôt, non comme au temps jadis,
Pour être confessés, aspergés ou bénis,
Dans un temple fameux à l'envi se rassemblent,
Les prêtres y mentoient, et les prêtres y tremblent,
N'osant plus y répandre un dangereux poison.
Ce temple est maintenant celui de la raison.
Des droits sacrés de l'homme on y fait la lecture ;
Ce ne sont plus les traits de la légende impure,
Du sommeil par degrés répandant les pavots
Sur un cercle pieux d'imbéciles dévots,
C'est un être suprême, un dieu qu'on y révère,
Un dieu, l'ami du peuple, et qui lui sert de père ;
De sages députés, ennemis du démon,
Y remplacent Marca, Perefixe, Beaumont (1),
Tous béats d'autrefois bons à faire leurs pâques.

Ce Beaumont qui jadis voulut damner Jean-Jacques,
N'y viendra plus, sur-tout par de longs mandemens,
De la philosophie insulter les amans ;
Il n'y commande plus à ces esprits malades,
Que l'ombre de Pâris vit faire des gambades
Sur le tombeau sacré qu'élevèrent leurs mains,
Tombeau qui fut long-temps la honte des humains.
Nos braves sénateurs, en place des mystères
Que prêchoit le Neuville et qu'il ne croyoit guères,
Peignent de la vertu les charmes séduisans,
Ils ne damnent personne excepté les tyrans.

---

(1) Tous trois Archevêques de Paris, et tous trois enterrés
dans l'église de la ci-devant Notre-Dame.

Au lieu des vieux refreins, en langage hébraïque,
Ils font des Marseillais entonner le cantique,
Et le mensonge enfin cède à la vérité.

A peine ils ont fini : J'entends de tout côté —
Ce cri voler au loin sur les ailes d'Eole :
Vive, vive à jamais le *Sénat publicole.*

VERS

SUR LES PREMIÈRES VICTOIRES

DE BUONAPARTÉ.

REMPORTER en trois jours une triple victoire,
Quels exploits ! quels succès ! ô Muse de l'histoire,
Prépare tes pinceaux ; et toi, Postérité,
Comble de tes honneurs l'heureux Buonaparté.
Mais ne fut-il qu'heureux ? est-ce toi, Destinée,
Par qui, de verts lauriers, sa tête est couronnée ?
Toi qui l'as mis au rang d'illustres généraux,
Que la gloire a placés au nombre des héros ?
Non ; c'est à ses vertus qu'il doit cet avantage,
A sa rare prudence, à son mâle courage ;
C'est de la liberté l'essor impétueux,
Qui l'a fait triompher du Germain belliqueux,
Et l'a rendu vainqueur des plus superbes têtes :
L'amour de la patrie enfante les conquêtes.

Fier de courber le front sous le sceptre des rois,
Orgueilleux Piémontais, redoute ses exploits;
Il va briser tes fers, et l'Eridan rapide
Va couler sous les loix du Français intrépide :
Que dis-je? un sol fécond, de tyrans infecté,
Va voir bientôt fleurir l'arbre de liberté.

Italie! ô contrée en grands hommes féconde;
Toi qui, par tes vertus, conquis jadis le monde,
Qu'est devenu l'éclat de ta prospérité?
La victoire long-temps fut ta divinité;
La superstition maintenant te domine,
Et les rois, avec elle, ont tramé ta ruine.
L'auguste Liberté vient t'offrir son flambeau;
Sors de ta léthargie; et, perçant le tombeau
Où veulent t'enfermer les tyrans et les prêtres,
Reparois digne encor de tes braves ancêtres:
L'homme est par-tout le même, et malgré tes bourreaux,
Des cendres de Brutus vont naître des héros.
Qu'avec la France libre un nœud charmant te lie,
Qui pourra subjuguer la France et l'Italie?

Dans la guerre pourtant ne mets point ton honneur;
La guerre aime l'éclat, la paix veut le bonheur;
C'est la paix qu'il nous faut : d'assez longues tempêtes
Ont promené l'orage et la mort sur nos têtes.
Embrassons-nous, enfin, sous le même laurier,
Et préférons l'olive aux palmes du guerrier.

Et toi, dont la valeur opère des miracles,
Sage Buonaparté, triomphe des obstacles

Que voudroient t'opposer la guerre et ses hasards.
Un pontife est à Rome, au trône des Césars,
Qui gouverne en despote et qui commande en maître ;
Fais respecter l'autel, mais renverse le prêtre,
Et consacre à l'instant, sauveur de ton pays,
L'autel au créateur et le prêtre au mépris :
Le culte du vrai dieu doit suffire au vrai sage.

Sempronius, jadis, retarda le passage
De ce fier Annibal dont j'aime les vertus.
Provera (1), j'en conviens, n'est point Sempronius ;
N'importe, il est défait : poursuis, et qu'on soit libre,
Des bords du Tanaro jusqu'aux rives du Tibre.
Mauri, le cardinal, en sera peu content ;
Qu'il baise tes lauriers, honteux et repentant ;
Et pour son châtiment, qu'il voie, au gré d'Éole,
L'étendard tricolor flotter au Capitole.
La France attend de toi ces triomphes nouveaux.

Peut-être, interrompant tes glorieux travaux,
L'envie, au front livide, au milieu des alarmes,
Viendra pour arrêter le progrès de tes armes ;
L'envie est chez le peuple ainsi que chez les rois :
Méprise la furie et poursuis tes exploits.
A travers les clameurs de sa rage impuissante,
Il est beau d'affermir la liberté naissante :
Tu sais, comme César, vaincre, voir, conquérir ;
Comme lui, de lauriers, habile à te couvrir,
Fais trembler tous les rois ennemis de la France,
Notre félicité sera ta récompense.

_____

(1) Général Piémontais, qui a rendu les armes et reconnu
la République française.

CAMILLE-DESMOULINS

A LUCILE SON EPOUSE.

ROMANCE (1).

Ah! que le sommeil a de charmes,
Qu'il est doux pour le malheureux!
Le sommeil a tari mes larmes,
Et mon sort est moins rigoureux.
Mon œil vient de te voir en songe,
Et je te serrois dans mes bras;
Bientôt je me réveille, hélas!
Tout mon bonheur n'est qu'un mensonge.

Mais le soleil commence à luire,
J'apperçois ses rayons naissans :
A ma Lucile il faut écrire,
Et se rapprocher des absens.

---

(1) Cette Romance a été composée d'après une lettre originale de la main même de Camille - Desmoulins, et qui m'a été communiquée par un de ses amis. C'est une imitation libre plutôt qu'une traduction littérale : elle a été mise en musique par le citoyen de Launay, aussi estimable par son patriotisme que par son talent.

Avançons..... l'amour me l'ordonne :
Quel spectacle !... d'affreux barreaux.....
Ils me rappellent tous mes maux,
Et mon courage m'abandonne.

Dans le jardin je vois ta mère,
Je joins les mains pour l'implorer ;
Elle que mon sort désespère
Et qui ne cesse de pleurer ;
Elle que sa douleur entraîne
Et précipite dans ton sein,
Et dont le front jadis serein
Est le vrai miroir de ma peine.

Près d'elle je te vois, Lucile,
Dans l'air agitant un mouchoir ;
Ton visage autrefois tranquille,
Peint aujourd'hui le désespoir.
Ah ! quand vous reviendrez, de grace,
Asseyez-vous plus près de moi :
Je suis heureux quand je vous voi,
Et sur-tout avec mon Horace.

Des mortels l'active industrie
Supplée aux regards impuissans,
Par des tubes dont la magie
Rapproche les objets distans :
Qu'un de ces tubes secourables
Vienne adoucir mes noirs chagrins,
L'aspect de tes charmes divins
Rend heureux les plus misérables.

Que sur-tout quelque peintre habile,
D'Apelle empruntant le pinceau,
Immortalise ma Lucile
Par quelque chef-d'œuvre nouveau.
Dis-lui que pour rendre tes charmes
Il rassemble tout son talent;
Qu'il rassure un époux tremblant,
Qu'il prenne pitié de mes larmes.

Le jour que cette douce image
Arrivera dans ma prison,
Je croirai d'un ciel sans nuage
Voir briller le pur horizon.
De tes traits une longue étude
Rendra le portrait sans défaut,
Et de mon horrible cachot
Il peuplera la solitude.

Ah! puisse-t-il bientôt paroître!
Dans le plus triste des séjours
Mes nuits dureront moins peut-être,
Je supporterai mieux les jours.
Qu'un messager prompt et fidèle
Fasse taire mes longs soupirs;
Qu'il me rende tous les plaisirs
Au sein d'une peine cruelle.

De Cobourg, si c'étoit la haine
Qui me mît en captivité,
Comme je bénirois la chaîne
Qui me ravit la liberté!

Mais des républicains, des frères,
Dans un cachot m'ensevelir !
Je n'y puis songer sans frémir,
Sans verser des larmes amères.

L'innocence est, dit-on, tranquille,
Et je le suis en ce moment ;
Mais je tremble pour ma Lucile ;
Je suis fils, père, époux, amant.
Si la nation asservie
Me laisse conduire au trépas,
Quel surcroît de tourmens, hélas !
Mille fois je perdrai la vie.

Avant de boire la ciguë,
Socrate au moins eut la douceur
De voir son épouse éperdue
Venir partager sa douleur.
Et moi, des époux le plus tendre,
Moi qu'enchantèrent tant de fois
Tes baisers, le son de ta voix,
Je te vois sans pouvoir t'entendre.

N'est-ce point par un tel supplice
Qu'on puniroit un scélérat,
Qui de Catilina complice
Eût voulu renverser l'état ?
Qu'ai-je dit ? un mortel coupable
N'eût pas été chéri de toi,
Et tu n'as vu jamais en moi
Qu'un citoyen irréprochable.

M

N'ai-je point fait des sacrifices
Tous dignes d'un républicain ?
A travers mille précipices
N'ai-je point conduit mon destin ?
Avec leur or liberticide
Jamais les rois ne m'ont tenté,
Et sans tache je suis resté
Au milieu d'un monde perfide.

Ne crains pas qu'à ma dernière heure
Le remords vienne m'assaillir :
Dans mon éternelle demeure
Je vais descendre sans rougir.
Calme-toi, veuve désolée,
Tu sais que j'aimai les vertus ;
Et l'épitaphe de Brutus
Embellira mon mausolée.

Hélas ! j'étois né pour l'étude,
Pour cadencer de tendres vers ;
J'en dois la triste certitude
A mes innombrables revers.
Qu'est devenu ce temps prospère,
Où rêvant un Otaïti,
Je marchais toujours investi
De la plus aimable chimère ?

Il est dissipé ce mensonge,
Mes plus doux rêves sont détruits,
Et tu vois l'abîme où me plonge
La fureur de mes ennemis.

Mais pourquoi t'occuper sans cesse
De ton infortune et de moi ?
Je devrois ne penser qu'à toi,
Ne parler que de ma tendresse.

O Lucile ! de ma disgrace
Ton esprit s'est trop alarmé :
Dis à mon fils, à mon Horace,
Que je l'eusse toujours aimé :
Dis-lui que je meurs la victime
D'un lâche calomniateur ;
Dis-lui qu'il est un créateur
Qui tôt ou tard punit le crime.

Mais on m'appelle... Un bruit sinistre
Qui de la mort est le signal,
M'annonce le sombre ministre
Du redoutable tribunal.
L'accusateur de l'innocence
Me va prononcer mon arrêt ;
A subir la mort je suis prêt,
Mais non à souffrir ton absence.

Adieu, Lucile, adieu, ma vie,
Adieu, mon père, Horace, adieu ;
Bientôt ma carrière est finie,
Je vais dans le sein de mon Dieu.
Déjà mon front se décolore,
Mes bourreaux viennent de s'armer,
Et mes yeux, prêts à se fermer,
Sur tes yeux se tournent encore.....

M 2

SONETTO

DI G. POVOLERI,

PER celebrare il giorno in cui fu proclamato l'atto del Popolo sovrano, nella piazza del Campidoglio, in presenza del generale Berthier.

> *Nunc tibi sunt integra lintea.*
> HOR. Od. XIV, lib. 1.

PLACATI alfine, inquieta ombra di Bruto!
Ecco de' Franchi in sul Tarpéo la schiera!
Vedi all' aere spiegar l'alta bandiera
Del vittorioso esercito temuto!

Rinasce Roma: in van tenta l'astuto
Braschi introdur la servitù primiera:
Libera è Roma, e in se volve qual' era
Allorchè al Tebro il mondo offria tributo.

Di Gallia i chiari e memorandi esempli
A' suoi passi fian guida, e lieta Astrea
In Campidoglio riporrà sua sede.

Non più d' Erinni s'apriranno i templi,
Nè con sangue e terror l'insana Dea
Oserà più contaminar la Fede.

SONNET

DU CITOYEN POVOLERI,

Pour célébrer le jour où fut proclamé l'acte de souveraineté du Peuple Romain, sur la place du Capitole, et en présence du général Berthier.

Nunc tibi sunt integra lintea.
Hor. Od. xiv, lib. 1.

Ombre du grand Brutus, mets un terme à ta crainte !
Sur le mont Tarpéïen vois la liberté sainte !
Tu la dois aux Français par-tout victorieux,
A leur noble étendard qui brille à tous les yeux !

Rome renaît : en vain il se fait une étude
De rétablir encor l'antique servitude,
Le pontife rusé que protégent les rois ;
Rome des citoyens a proclamé les droits :

Désormais de la France elle suivra l'exemple.
Astrée au Capitole a replacé son temple ;
Celui du fanatisme est fermé pour toujours ;

Et l'affreuse Erinnis ne troublant plus le cours
Des destins fortunés que le ciel te prépare,
Rome, tu vois tomber le trône et la tiare.

FIN.

www.ingramcontent.com/pod-product-compliance
Lightning Source LLC
Chambersburg PA
CBHW070857030726
47504CB00005B/1368